1

二〇一六年に私は『father』という本を出版した。

この本の帯には「失踪を繰り返す父、父を撮る息子　人間の『わからない心』を写真を通して見つめ続けた彷徨の軌跡　金川晋吾、待望の初写真集」と書かれている。いわば、この本は「失踪する父を息子が撮った写真集」として売り出された。この文言は私ではなくて出版社が考えたものだが、私もこれでいいと思った。失踪していたことは事実だし、この写真集を一言であらわすならそうなるだろうと思った。

この本を出版したことで、私は自分が「失踪する父を撮る写真家」として語られるのを、そして父が「失踪する父」として語られるのをたびたび見聞きするようになった。それは私から言い出したことなので、他の人たちがそう言うのは当然のことだ。だが、「失踪する父」という言葉を何度も見聞きしているうちに、別に失踪ばかりしているわけではない父に対して、なんだか申し訳なく思うようになってきた。父という人間が、「失踪」の一言でまとめられてしまうことが、私には不本意だった。だが、「失踪」という言葉を使ったのは他でもない自分だったので、他人を責めるわけにもいかず、何か自分が過ちを犯してしまったような、居心地の悪さを感じるようになった。本当のところ、『father』という作品において、つまり、父と私との関係性において、父がいなくなるとかならないということは、たしかに重要な要素のひとつであることはまちがいないが、別にそれが作品の主題であったり、父と私との関係性の中心にあるというわけではない。

父は写真を撮り始めた二〇〇八年と二〇〇九年にそれぞれ一度ずつ失踪をしているが、それ以降、今これを書いている二〇二二年にいたるまで、一度も失踪していない。

なので、その後のことを知っている私には、父のことを「失踪を繰り返す父」と呼ぶのはどうしても過剰なことに思える。私がそう思うのは、「父がやっていることなんてそんなにたいしたことではないんです」と謙遜するような気持ちもあるが、本当のところは、「父という人は、『失踪を繰り返す』という言葉で片づけてしまえるような人ではないのだ」と自慢げに言いたい気持ちのほうが強くある。

父が家出をして、しばらく行方をくらませるということをよくやっていたのは、私が中学、高校に通っていたころのことであり、今から二〇年以上前のことだった。

私が中学生になる前からも、父が数日家に戻ってこないことはあったらしい。ただ、そのころは、母は私と兄には「お父さんは出張に行っている」と嘘をついていた。母は、父の行方知れずがこんなに繰り返されるとは当初は思っていなかったので、子どもには余計なことは言わないでおこうと思っていたのだろう。私が中学生になってから、父は繰り返し行方をくらませるようになったので、母は本当のことを子どもたちにも伝えるようになった。

母から初めてそのことを聞いたときに自分が何を思ったのか、今となってはよく覚えていない。まったくショックを受けなかったわけではないと思うが、そういう記憶はない。何を思えばいいのかよくわからなかったというのが本当のところだったのだと思う。

このころの記憶というのはとてもぼんやりとしている。

父がいなくなることで生活に支障がまったくなかったわけではなかったが、日常は変わらず続いていた。だから、と言っていいのかどうかはわからないが、父はいつごろがいて、いつごろがいなかったのか、よく覚えていない。父がいなくなるのがどれぐらいの頻度だったのかもよく覚えていない。いなくなっていた期間もときによりけりで、数日か数週間、長くても一か月ぐらいだったと思うが、それもちゃんと覚えていない。そして、覚えていないのは私だけではなく、母も兄もそして父自身もちゃんと覚えていない。覚えていられないぐらいたくさんいなくなっていたというのもあるが、私だけでなく母も兄も、そして父自身もみんな忘れっぽいのだと思う。父がいなくなっているあいだ、母と兄と私がどんなふうに過ごしていたのか、そのときの家の空気というのがどんな感じだったのか、それもあまり思い出せない。とてもぼんやりとした印象しかない。

記憶というものはとらえどころのないものだとつくづく思う。そもそも記憶と呼んでいるものが何なのか、私はよくわかっていない。よくわかっていないままに、記憶という言葉を使っている。だからというか何というか、こうやって昔のことを記していくのは、私にはとてもむずかしいと感じる。書いている、思い出しているときの自分次第のようなところがある。何とでも言おうと思えば言えるような気がする。

いなくなっていない父

金川晋吾

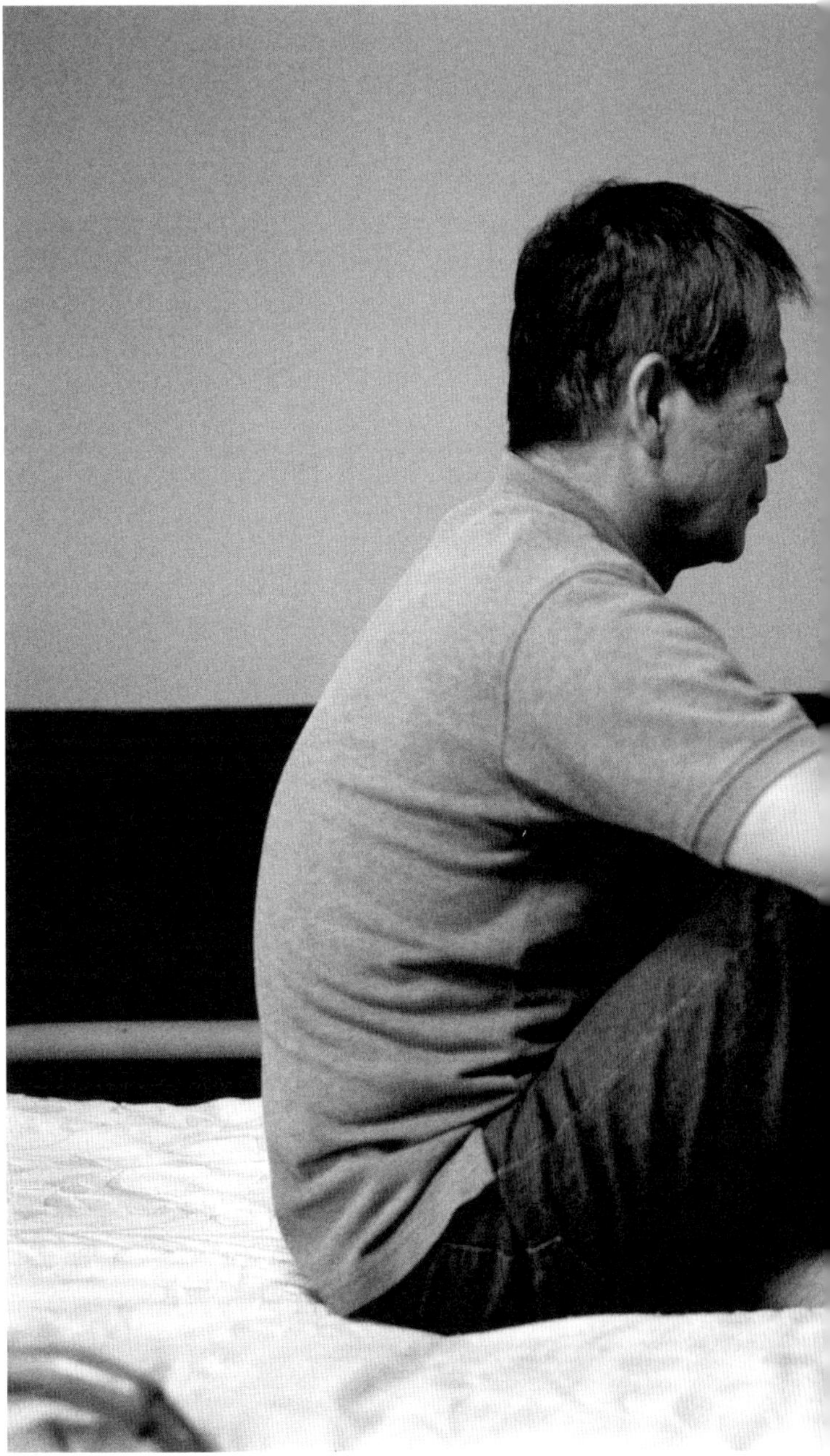

2

父がいなくなるのは、決まって平日だった。

休みの日にいなくなることはなかった。いなくなる日の朝、父はいつも通りに仕事に出かけるのだが、夜遅くになっても帰ってこない。「これはもしや」と思いながら布団に入り、翌朝目覚めても父は帰っておらず、「やっぱりか」と思う。

父はいつも何も言わずに出て行った。

置手紙をするということはあったかもしれない。どんなことが書かれていたのかは覚えていない。父がいないあいだに、父から電話がかかってくることはあった。母が電話に出た場合には、しばらく無言が続いたあと、「もう少ししたら帰る」みたいなことだけ言って、電話を切ってしまうことはあったらしい。あとは、最初から最後まで無言の電話。無言なので、それが本当に父だったのかどうかは本当はわからないのだが。無言の電話は私も受けたような気がする。あれは本当に父からだったのか。そもそも私はそんな電話を本当に受けたのか。

父がいないあいだ、残された側にできることはとくに何もない。帰ってくるのを待つしかない。父がいないあいだ、問題の当の本人の姿が見えないため、危機感や悲壮感を持ち続けることが私にはむずかしかった。本気で心配し続けることがむずかしいというか、父がいないこともどこか嘘みたいな感じがあった。

父がいないあいだ、父に対して「一刻も早く帰って来てくれ」と思っているわけではなかった。それは、失踪が繰り返され、あとのほうになればなるほどそうだった。父がいないことに慣れてきて、いないときのほうがいろいろと気楽だった。あとのほうになってくると、父がいることのほうがむしろ厄介に思えてきた。

ただ、そうは言っても、「もしかしたら父は出先で自殺してしまうんではないか」という考えが頭をよぎることはけっこうあった。あるいは、そういう不安を実はぼんやりと持ち続けていたような気もする。でも、そんなことをずっと本気で思っているわけではないし、本気で心配しているわけでもない。自分の生活があるし、楽しいこともいろいろとあるので、そんなことを本気で心配し続けることはできなかった。父がいなくなっているあいだ、「父がこのまま本当にいなくなったら、そのほうがいろんなことがすっきりしていいかも」みたいなことを思うことはあった。それもまた、本気で思っているわけではなかったが。

そもそも、「いない」ということが、とても曖昧なことだった。父は今いないだけで、今晩にはまた戻ってくる可能性もあるわけで、父が今ここにいないという事態をどう受けとめればいいのかが、はっきりしないのだった。

あとのほうになり、いなくなってからしばらく経っても戻ってこないときには、警察に捜索願を出したこともあった。捜索願を出したあと、父が福井で警察に保護されて、兄が一人で車で迎えに行ったこともあった。私はこのときの兄をとても不憫に思う。福井から京都まで、父と二人だけのドライブなんて、気づまりで仕方がなかっただろう。

行方をくらませたあと、家に戻ってきたときの父の様子は、疲れたりやつれたりしていて声をかけづらい雰囲気はあったが、ひどい抑鬱状態や混乱状態にあるということはなかった。見た目にも大きな変化はなく、髭が伸び放題だったり体臭がきつかったり服がぼろぼろになっていたりするなんてことはなかった。父はそのあいだも普段とは別のかたちではあるが、生活を続けているわけなので、そんなふうにならないのは当たり前と言えば当たり前なのかもしれないが。

父が行方不明から戻ってくると、どう接すればいいのかわからない気まずさがあって、私はそれが嫌だった。このまま父が帰ってこないほうがいいと思うのは、その気まずさが嫌だからというのもあった。それはおそらく父も同じだったにちがいない。戻って来てから数日は、父はやつれた雰囲気を全身から発することで、私や母や兄に有無を言わさないようにしているように見えた。

私は父に、「おかえり」「調子はどう」ぐらいの言葉はかけたが、それ以上はとくに何も言わず、普段と変わらぬ接し方をした。父をいたわる気持ちもなくはなかったが、父に向かってあえて何かを言うだけの気概がなかった。父には早く日常に戻ってほしいと思っていたが、できることならあんまり関わりたくないというのが私の正直な気持ちだった。

兄も母も私と同じように父に接していた。母は子どもがいないところではもしかしたらもう少し何か言っていたのかもしれないが、おそらく父をひどく責め立てるようなことはしていなかったと思う。母は父が日常に復帰することを最優先に考えていた。

家に戻ってきて数日後には、父からやつれた雰囲気はなくなり、行方をくらませる以前の父の姿へと戻っていった。その変化の目印として私が記憶していることがあって、それは一緒にテレビを見ているときに、父がテレビ番組について何かコメントというか解説のようなものを語るということだった。解説といってもネットニュースに載っているような雑学程度のものであったり、あるいは何の根拠もない主観的な予想、たとえばサッカーの試合でPKになったときに、「これはなんか外す気がする」と神妙な顔で語るとか、そういう他愛のないことなのだが、そういうことを口にできるかどうかがひとつの分水嶺になっていたと思う。

父がいなくなることに対して、自分が具体的にどのように反応していたか。失踪が繰り返されていくうちに反応は変化していったはずであり、時期によってもちがったはずだが、ちゃんと思い出すのはむずかしい。記憶のなかでは、中学、高校の六年間でぼんやりとひとかたまりになっている。

私は思春期と呼ばれるような年ごろだったが、父に対して反発を覚えるようなことはなかった。勘弁してほしいとは思っていたが、強い悲しみや怒りを覚えたりすることはなかった。怒りをまったく感じていなかったわけではなかったが、むしろ憐れみのほうが強かった。

父がいないから楽しくないとか、父がいなくてさみしいとか、私が幼いころならそういうこともあったかもしれないが、もう中学生だった私にとっては、父がいないということ自体に何か不都合があるわけではなかった。もちろん、父がいなくなることによって生じる不都合というのはあるわけで（父の仕事はどうなるのか、家計は大丈夫なのか、母への負担が増えてしまう等々）、それについては思い悩むことはあった。でもそれもあくまで父の問題、あるいは私の家の問題であって、私自身の問題ではなかったというか、私が悩まないといけない問題だとは思わずにすんでいた。あるいは私が悩んだところでどうにかなる問題ではないと思えていた。私は私の生活を送ることができていた。父のことよりも自分のこと、女の子や勉強、部活や趣味のこと等々に意識や興味は向かっていた。

私がそんなふうにできたのは、やっぱり母の存在によるところがものすごく大きかったと思う。母は現実的な人間だった。父がいようがいまいが、私と兄という二人の子どもとの生活は続けていかないといけないので、それを維持することに努めていたのだと思う。もちろん、母は父がいなくなることにまったく動じていなかったわけではなくて、ため息をもらしたり、父についての何か短い愚痴のようなものは吐いたりしていた。ダメージをまったく受けていないわけではなさそうだった。ただ、母が泣き崩れて家のなかがお通夜のようになることや、その逆に母が怒り狂って大騒ぎになるなんてことは一度もなかった。母は父がいなくなることの意味を考えるよりも、まず目の前にある現実に対処する人だった。母のおかげで、父がいなくなろうがとりあえず普段の生活は維持されていたので、父がたびたびいなくなっても、私は普通に日々を過ごすことができていた。

父は行方をくらませることを繰り返していたが、ずっと無職だったということは一度もなかった。家に戻って来てから、数日後、長くても一か月後には、父は仕事に復帰していた。突然行方をくらませて無断欠勤を続けたにもかかわらず、「こちらにも不備があったかもしれないので、金川さんさえよければまた仕事に復帰してほしい」と言ってくる職場はいくつもあった。父は奈良高専の機械工学科を卒業していて、機械設計の技術をもっていた。人当たりもよく、体力もあり、何でも要領よくこなす人だったので、職場でも必要とされていたのだろう。父は元の職場に戻ることもあったが、そのままフェードアウトして職場を変えることもあった。ただ、辞めてしまっても次の職場はすぐに見つかっていた。

ただ、行方をくらますことを何度か繰り返すうちに、機械設計の仕事はやらなくなった。

機械設計の仕事がどういう段取りで進むのか私はよくわかっていないが、父はかなりのストレスを感じていたのだと思う（今の父に尋ねても、おそらく別にそうではなかったと言うと思うが）。

私が中学生のころに一度だけ、今は何の機械の設計をしているのかを聞いたことがたしかあって、そのときはカップ麺の「マルちゃん 黒い豚カレー」だと言われたという記憶がぼんやりとある。

父は高専を出てからは島津製作所に勤め、数年働いてからフリーランスになった。フリーランスのころは自宅で仕事をしていた。CAD（キャド）と呼ばれる設計のためのコンピューターが家に置かれているときもあった。父だけでなく、父の仕事を手伝っていた母もそのCADをごくたまに触っていたような記憶がうっすらとある。それはおそらく私が小学校に入ってすぐぐらいのころで、パソコンなんてまだ全然普及していないころ、スーパーファミコンもまだ発売されていないと思う。そんなときに、自分の家にかなり大きめのコンピューターがあったなんて、よく考えるとにわかに信じられない。父の作業部屋には図面を手で書くための台もあったし、今のコンビニにあるような大きさのコピー機なんかも家にあった。しばらくして父はまた会社に就職し、設計用のもろもろの機材も気がつけば家からなくなっていた。

父が行方をくらませることを繰り返しながらも無職でい続けなかったのは、父自身が無職でいてはいけないと強く思っていたからではなく、母がなんとかそうならないようにしていたからだったと思う。母は父がまた働けるようになることを第一とした。父が行方知れずから戻って来ると、母が父の代わりに父の職場と連絡をとり、ときには嘘も交えながら事情を説明し、「職場に復帰してほしい」と言われれば父にそうするように働きかけ、父に復帰する気がなければ次の職場を探す手伝いをした。

母自身も収入を得るための仕事をずっとしていた。母は商業高校に通っているあいだに工業簿記と商業簿記と珠算の二級を取得していて、高校卒業後は京都の「大松」という呉服屋に就職した。結婚をして子どもが生まれるタイミングでいったん仕事は辞めたが、子どもが保育園に入ったらまた仕事を始め、小さな会社や工場の事務をしたり、今は全国展開をしている煎餅屋の「長岡京 小倉山荘」で働いたり、スーパー「マツモト」の調理場で働いたり、昼は喫茶店で夜はスナックになるお店のお昼を任されて、喫茶店の雇われ店長をしたり等々、ずっと仕事はしていた。

母はたびたび「お好み焼き屋をやってみたらいいんじゃないか」という話を口にした。実際、母は候補となる物件の内見にも行っていた。母一人でやるのか、父と二人でやるのか。両方の可能性が検討されていたと思う。後年になって、父が行方をくらましがちになってくると、そのことがお好み焼き屋の構想にも何らかの影響を及ぼしていたと思う。

もしやっていたらどうなっていたのだろうか。実家がお好み焼き屋の自分を想像すると、笑えてくる。そうだったらよかったのにと思わなくもない。結局、お好み焼き屋は実現されなかった。


母はよく働く人だった。働くのが好きで、何もしないよりも何かをしているほうが落ち着くように見えた。疲れても仮眠をとればまた元気に動き出し、眠れないということがまったくなく、眠ろうと思えばすぐに眠れる、そういう人だった。

子どもが生まれて以降、母はずっと「パートタイム」と言われるような雇用形態で働いていたが、実質は「フルタイム」と呼んでいいようなかたちで、お金を稼ぐための労働に従事し続けていた。母が正社員で働くことについて、父が反対していたというわけではなかったと思う。むしろ父はそういう環境が与えられたら、首尾よく専業主夫をこなすことだってできた人なのではないかという気がする。ただ、それは現在の父から好意的なイメージを勝手に膨らませているだけかもしれない。

「自分たちのころは、子育てをしながら正社員として働くということが、頭のなかにあんまりなかった」と母は言った。そのころの母や父にとって、母が正社員として働くということは、現実的なこととしてはあまり考えられないことだったのだろう。

母は父と別れてから、奈良交通という会社に「準社員」として就職した。バスガイドさんたちが住む寮の寮母だった。その採用試験には二〇人ほどが受けていたらしい。親馬鹿ならぬ子馬鹿かもしれないが、そのなかで母が採用されたのは順当だったと私は思っている。

母は行方知れずから戻ってきた父に、いなくなった理由を問いつめるようなことはしなかった。問いつめようにも、父は「自分でもよくわからない」としか言わないので、問いつめようがなかったというのもあったと思う。

母は私や兄に向かって、父のことをあからさまに悪く言うことはなかった。それは、父がいないときでもそうだった。自分や子どもたちがないがしろにされていることに対して怒ることはあったが、自分たちが父に捨てられていると感じ、そのことに対して嘆き悲しむようなことはなかった。もしかしたら母はそういう姿を子どもたちに見せないようにしていただけかもしれないし、あるいは、私が薄情なことに忘れてしまっているだけということも考えられなくはない。でも、母は別に自分たちが父に見捨てられているとか、そういうふうには本当に考えていなかったと思う。母と父との関係が、そもそもそういう感じではなかったのだろう。

これは数年前に聞いてわかったことだが、当時の母は、父が行方をくらまし、また帰ってくるということを繰り返しても、その都度仕事を変えるなどの何らかの対処をして目の前に

ある問題を解決さえすれば、もう次はいなくなったりしないだろうとずっと思っていたらしい（離婚前の最後の一、二年はさすがにまたやるんじゃないかと思うようにはなったらしいが）。私は自分と母とでは見えていたものが全然ちがったことに驚いた。私は父がまたやるんじゃないかという不安をいつも感じていたし、そうしたくなる父の気持ちもわかるような気がしていた。私は子どもながらに、父に対して「朝から晩まで毎日仕事をするなんて大変だろうな」と思っていたので、「そりゃ行方もくらましたくもなるだろう」という共感のようなもの、あるいは憐れみのようなものを感じていた。

母は、父とは（そして私とも）全然ちがう種類の人間なのかもしれない、とその話を聞いて思った。母は父のように面倒なことを放り出して逃げてしまいたいと本当のところでは思ったことがなくて（だってそんなことをすると、後々余計に面倒なことになるのは目に見えているのだから）、だからそういう想像がうまくできないのかもしれない。たとえば、今のところ私は本当の意味で希死念慮《きしねんりょ》に囚われたことは一度もなく、むしろ死ぬことが怖くてしょうがないので、希死念慮に囚われている人の気持ちが本当のところではうまく想像できないのと同じように。

またあるいは、そこには父に対する母の愛情もあったのかもしれない。当たり前だが、母は父とのつき合いが私よりもずっと長い。母はまぶしく輝いていた若いころの父のことも知っているのだ。私のなかにはない父のイメージが、母のなかには存在しているのだろう。

二人が出会ったのは、一九七二年、敬子二三歳、優二〇歳のときだった。それぞれ友人たちと丹後の海に遊びに来ていて、父たちのグループが母たちのグループに声をかけ、一緒に遊ぶことになった。

その日の別れ際、父が母に連絡先を訊いた。手元には紙もペンもなかったので、母はとっさに家の電話番号ではなくて、とても覚えやすかった当時働いていた会社「大松」の電話番号を伝えた（「223-1111」と、母は今でもその番号を空で言えた）。

丹後からの帰りのバスのなか、母は友人たちと「本当に連絡くるかなあ」と話して盛り上がっていたらしい。電話番号を紙に書いて渡せなかったので、相手が本当に忘れないでいられるのか、母は不安を感じていた。後日、父から会社に電話がかかってきて、二人はつき合うことになった。

この日、母は女子高時代の友人二人と遊びに来ていたが、そのうちの一人は、のちに男性的な装いをして女性を歓待するお店で働き、祇園で自分のお店をもっていたこともあるような人、いわゆる異性愛規範にはおさまらないような人で、その日もいわゆる女性的な装いはしていなかったらしく、また、もう一人の友人は生理だったので水着は着ていなかったらしい。「だから私が声をかけられたというわけではないと思うけど」と言いながら、母は私にそんな話もしてくれた。

私は父が行方をくらませることを、心のどこかで仕方がないんじゃないかと思っていた。そんなふうに思ったのは、ひとつには父が背負っている家のローンのプレッシャーに同情していたからだった。何年にもわたるローンを背負っていたらそりゃ逃げ出したくもなるだろうと思っていた。

一九九一年に家の建て替えがおこなわれ、私たち四人は新築の一戸建てに住むようになった。当然一括払いではなく、その後何年も続くローンが組まれた。私は新しい家に住めるということを純粋にはよろこべなかった。そんなことをして本当に大丈夫なのか、という不安があった。なんでそんなことを思っていたのか、今から思うと少し不思議で、父が失踪を繰り返すのは私が中学に入ってからだし、それまでは父はそれなりの給料を稼いでいると私は思っていたし、家にお金がないと思っていたわけでもなかった。にもかかわらず、当時の私はローンを組んで家を買うことに「なんでわざわざそんなことをする必要があるのか」と漠然と不安を感じていた。家を建て替えた一九九一年というのはちょうどバブルが崩壊したと言われている年なので、もしかしたらそういうニュースをよく見聞きすることで、私は不安を感じるようになっていたのだろうか。あるいは何か不穏なものをなんとなく感じ取っていたのか。

母と父にとって、マイホームを手に入れるということがひとつの理想や目標だったのだろうか。おそらく母のなかにはそういう価値観があったと思う。理想や目標とまでは言わなくても、何か当然やるべきこと、というような意識はあったのではないか。母は金銭的な損得を現実的に考えたうえで、ローンを組んで家を建てたほうがいいと判断したのだとは思うが、その判断のなかには、マイホームをもつことがよいことであり、やるべきことなのだという価値観がすでに前提にされていたのではないか。

母・金川敬子は一九四九年八月一〇日生まれ。父・金川優は一九五二年七月二六日生まれ。二人が育ったのは高度経済成長期と呼ばれるような時期であり、結婚をして家庭を築いていったのは安定成長期と呼ばれる時期と重なっていた。毎年給料は上がっていき、暮らしはよくなっていくと素朴に信じることができた。経済が順調に成長していくなかで生活をしてきた彼らにとっては、新築一戸建てを手に入れることはごく自然なことだったのかもしれない。

家を建てる計画等々は、すべて母の提案で進められた。母と父はそういう関係だった。父は自分からこうしたいみたいなのがそんなにない人なので、自分の意志を押し殺して母に従っているわけではなくて、むしろ母がいろいろと決めてくれるのが楽だったのだと思う。

父は一戸建てを建てたいとか、積極的に思っていたわけではなく、マイホームという理想もとくにはもっていなかったのではないか。ただ、だからと言って、父がそういう価値観から完全に自由だったかというと、そういうわけではなく、母から提案されると、まあなんとなくそうするものなのだろうと思って、とくに抵抗することもなく、そっちに進んでいったのだろう。

当時の私は子どもながらに、父と家との関係にはどこか無理があると感じていた。父自身は家に思い入れはないけれども、「家庭」のために家を守らないといけない、そのために働かないといけない、でもそれは父にとってはかなりきついことにちがいない。そんなふうに私には思えた（のちに父を撮り始めてから「当時は家のローンがやっぱり辛かったんじゃないの」と父に訊いてみたことがあった。父は「たぶんローンはそんなに負担じゃなかったと思う」みたいな答え方をした。そう言われるとこちらはそうなのかと思うしかないが、でもそれは父がちゃんと記憶していないだけのような気がしている）。

父が繰り返し行方をくらますのを見ているうちに、私は「父からすると自分の存在は負担であり、父が家を出る原因のひとつとして私（や母や兄）の存在があるのだろう」と思うようになっていった。それはおそらく事実としてそうだったと思うし、私としてはその事実を受け入れられているつもりではいたので、そのこと自体に傷ついたり悩んだりすることはないつもりでいた。

ただ、その一方で、私の存在が負担であるならば、その負担な存在である私のことを父がどう思っているのか、どうしたいと思っているのか、それがわからないという不安が私の意識の底のほうにはずっとあったのだと思う。

いつからなのかはよく覚えていないが、私は父に危害を加えられるのではないかという不安を覚えるようになった。いや、「危害が加えられるかも」とはっきりと思っているわけではなくて、もっと漠然と、とらえどころのないものとして、父に対して怖さというか、不気味なものを感じるようになっていた。そして、「できることなら父と関わりたくない」「なんならいないほうがいい」と思っている自分がいるのだから、その裏返しとして、父のほうも私のことをそう思っているにちがいない、そう思うようになっていた。

ただ、それもあくまでなんとなくそういうものを感じているというか、感じるときがあるということであって、毎日本気でそのことに悩んで生活しているというわけではなかった。もっとぼんやりとしたもの、そうかもしれないし、そうではないかもしれない。そして、ぼんやりしているからこその不気味さ、得体の知れなさがあった。


自分のなかに沈殿している父のイメージ。

朝、父が自分の部屋からなかなか出てこない。

私が起こしにいくと、顔まで布団に覆われたままの父が何かつぶやく。暗く、低く、くぐもった声。よく聞き取れないが、体の不調を訴えているのだろう。部屋にはウィスキーと煙草の脂の匂いが充満している。嫌な匂いだと思う。いつごろからか、あの嫌な匂いは父の部屋に染みつき、いつでも、父がそこにいないときでも、存在し続けるようになった。寝室で、風呂場で、リビングで、父はまわりに誰もいないときでも、独り言をつぶやいていた。壁越しに響いてくる、暗くくぐもった声。何を言っているのかはほとんど聞きとれない。

父がいなくなっているあいだにかかってくる無言電話。父なのではないかと思うが、たしかめることはできない。そこにいるのは父なのかもしれないと思いながら、その人は顔も体も暗闇に溶け込んでいてほとんど何も見えない。私は恐怖のようなものと同時に、何か妙な興奮のようなものも感じている。

私は中学でも高校でも、父がいなくなることを友達に話していた。父がいなくなることが、他人には隠しておくべきこと、恥ずかしいことなのだという感覚が自分のなかにはなかった。それはあくまで父の問題であって、自分が恥ずかしがることだとは思えなかった。

中学のときは、仲のいい男友達に話していたが、みんなは私のことを心配するよりも、「しんごのおっちゃん、やばい」みたいなことを口にして笑っていた。私も一緒になって笑っていた。笑って話せることが私にはよかった。

高校は、「京都こすもす科」という妙な名前の学科の「国際文化系統」というコースに進学し、女子が三七人、男子が五人というクラスで三年間を過ごしたので、まわりの反応も中学のときとはちがった。まずは気遣うような言葉をかけてくれつつも、この状況を一緒になって笑って励ましてくれる女の子がたくさんいたので、私も父の話をしていて楽しかった。私は父について、いろんな女の子に話していた。

男子は五人だけで三年間ずっと一緒だったので、とても仲よくなった。いわゆる「バブル崩壊」以降の不景気の時期と重なっていることも影響しているのか、あるいはたまたまなのかはよくわからないが、男子は私以外の四人も、それぞれの父親が何らかの事情を抱えているようだった。そのこともあって、とくに自分の家だけが特別だという気持ちにならなかったというのはあるのかもしれない。

なかでも、Aくんの父親は、うちの父よりもずっと自由な人だったみたいで家にいないことも珍しくないようだった。「何か月ぶりかで、親父の姿を○○神社で見かけた」みたいな話をAくんから聞いたこともあった気がする。Aくんは私のように自分のことをつらつらと語るような人ではなかったので、そのお父さんが無職なのか、仕事はしているのか、的屋《てきや》みたいなことをしている人なのか（「神社で見かけた」という言葉からの勝手な連想）、あるいは会社を経営しているような自営業の人だからこその自由人なのか、私はよくわかってはいなかった。

Aくんの語り口からは、父親に対する怒りのようなものが滲み出ていたが、それは母親に苦労をかけていることに対するものだったのだと思う。Aくんのお母さんは四条にある百貨店で働いていた。Aくんは、お兄さんもAくん自身も京都大学に進学した。兄弟がともに京大に進学するなんて、お父さんには何か事情があったかもしれないけども、実はご両親はともに大卒だったりして、まったく文化資本が乏しいわけではなかったのかもしれないと、今になって勝手な想像をしてしまう。何にせよ、Aくんが京大に入ったのは彼が並々ならぬ努力をしたからで、傍で見ていて本当にすごい人だと思った。

Bくんはお父さんが府議会議員か市議会議員のどちらかをやっていたのだが、私たちが高校に入学したころはお父さんは浪人をしていて、在学中にも一度選挙があったのだが、そのときも当選できなかった。なので、私たちが高校生のあいだBくんのお父さんは「前は議員さんだった人」であって、議員さんではなかった。

Cくんと Dくんのお父さんに何があったのか、具体的にはちゃんとわかっていたわけではなかった。Cくんのお父さんは仕事を辞めたか、何かあったという話を聞いた気がするがちゃんと覚えていない。Dくんのお父さんについては、Dくんから「親父もいろいろと調子が悪い」みたいなことを聞いた気がするが、詳細については聞いていない。鬱的な何かなのかもしれない、みたいなことを勝手に思っていた。

中学、高校のころのことを思い出そうとすると、「あのころの私にとって、父がいないということはそれほど大きな意味をもつことではなかった。実際の生活においても、それほど苦労をしたわけでもなかった」という印象が前面に出てくる。それは別にまちがいではないが、今の私がそう思いたがっているということでもあるのかもしれない。

もう少し細かく、具体的に思い出そうとすると、欲しいものを買うお金を貯めるためにつつましい努力をしていたことなんかも思い出されてくる。

中学高校ともに昼食は弁当だったが、母が忙しくて弁当が作れないときなどにはパン代をもらうことがあり、そういうときには格安の食パン一斤だけを買って、食費を浮かせるような工夫をしていた。食事にはお金はできるだけ使わないようにしていた。そうすることが別にごく普通のことだと思っていたが、大学に入ってから、親からの仕送りで部屋を借りて一人で生活している人たちがたくさんいるのを目の当たりにし、自分とは全然ちがう金銭感覚のなかで生活をしている人たちがいるということを知った。また桁違いのお金をもっている人たちが本当にいるのだということも知った。

突然行方をくらまして音信不通になるなんて、とんでもなく無責任でまわりに迷惑をかける行為であることはまちがいない。ただ、父は昔からずっとそういうことばかりしてきたというわけではまったくなかった。基本的には父は他人に気遣いのできる気のいい人間であり、私や兄や母にとっても、いい父親でありいい夫だった。

父は若いころはフリーランスで設計の仕事を自宅でやっていたので、兄や私が赤ん坊のと

きには私たちの面倒をよく見ていた。兄が保育園に入ってからも、父が兄の送り迎えをしていた。保育園の行事にも積極的に参加し、節分の鬼役なども頼まれればよろこんで引き受けていた。またスポーツが好きで地元のサッカー少年団に所属していた流れから、そのサッカーチームが運営しているサッカー少年団のコーチもやっていて、子どもからも保護者からも慕われていた。父はこのサッカー少年団のコーチを二〇年以上続けた。日本代表だった家長選手や宇佐美選手もこの少年団にかつて所属していて、父も指導したことがあるらしかった。私が小学校の低学年ぐらいまではよく旅行にも連れて行ってくれていた。ただ、私が家の人たちよりも友達と遊びたがるようになると、そういう私の気持ちを尊重して、一緒に旅行には行かなくなった。

私は父に説教されたり叱られたりしたことがない。それは私がまったく悪いことをしなかったわけではなく、小学校二年生で万引きをしていたことが発覚したときでさえそうだった。何を根拠にそんなふうに思ったのかはよくわからないが、父と母は私に「悪いことをしたというのはしんどが一番よくわかっているはずや」と言うだけで説教したりすることはなく、「もう今後はこういうことはしないな」と確認をするだけだった。私はそのとき、とても救われたような気持ちになったのを覚えている。

父は(そして母も)自分とは切り離された別個の存在として、自分の子どものことを見ていたのだと思う。私のことで父自身が妙に恥を感じたり、その逆に妙に得意げになったりすることはなく、父自身の理想を私に押しつけたりすることもなかった。父はそもそもそういう理想みたいなものを抱いていない人だった。

父や母がそういう人だったからだろうか。私は父が行方をくらますということを繰り返すようになっても、それは父の問題であって自分の問題ではないと思うことができていた気がする。

父がいなくなることによって生じるさまざまな現実的な問題に対して心配したり不安な気持ちになったりすることはたしかにあったが、自分が父に見捨てられていると感じて悩んだり、傷ついたりすることはなかった。そんなふうに私が思えたのは、それまで父が私をちゃんと養い、一人の人間として尊重するような育て方をしてくれていたことが大きく影響していると思う。


行方をくらませることを繰り返していたといっても、父は戻って来たら仕事をしていたのであり、私は父に養ってもらっていた。私が強く父に反発したり、父のことを否定しようという気にならなかったのは、「養ってもらっているのだから、お金を出してもらっているのだから」みたいな気持ちがあったからだと思う。私は心理的には父とかなり距離をとっていたと思うが（あるいは、距離をとっていたからこそ）、形式的には父と子という関係性は維持したままにしていた。

ただ、今から振り返ってみると、そういう「父と子」という役割みたいなものは捨ててしまって、おたがいが抱えている思いや悩みをもっと率直に話し合ったりしたほうが本当はよかったんだろうなと思う。でも、それは今だから可能な夢想であって、そんなことは当時の自分にはとてもできなかった。変化を恐れていたし、変化を求めていなかった。とりあえずやり過ごそうと思っていたし、そもそも父についてあんまり深く考えていなかった。考えないようにしていた。

・

私が大学に入学した二〇〇〇年の暮れに、父と母は別れた。

二人のあいだで何かきっかけとなるような決定的なことが起こったからその決断をしたというわけではなくて、子育てもひと段落し、もうこれ以上がんばって結婚生活を続ける理由がなくなったというか、とりあえずの区切りがついたので、別れることになった。私はそういうふうに理解している。

私が受験生だった高校三年生のころは、いくつかのことが重なって母は大変だったと思うし、父にとってもかなりきつかったにちがいない。

母方の祖母が頭にできた腫瘍を切り取る手術をしたことによって、認知症に近いような症状が出るようになり、春ごろから私たちの家で同居することになった。祖母をずっと家で一人にしておくことはできないので、母は昼は家にいて、夜から居酒屋というか主にお酒を飲むためのお店で働くようになった。母は明るい性格の人好きの話し好きだったので、その仕事はまったく合っていなかったわけではないと思うが、母自身はまったくの下戸だったこともあり、母にとっては珍しく働くことが心身共にかなりの負担になっているように見えた。

夏前に、大阪に住んでいた父方の祖父が亡くなったが、その数日前まで父の行方はわからなくなっていた。父は運よく、祖父の死の間際には家に戻って来て、臨終にも葬式にも立ち会った。その年の一二月には、同居していた祖母も亡くなった。このときも、父は祖母の臨終の少し前まで家を出ていた。祖父のときも祖母のときも、葬式は親族だけのこじんまりとしたものだった。

私の大学受験の当日のときも、父がいない日があった。自分としては、父は父、自分は自分と割り切っていたつもりだったし、父がいなくなることについてはとくに何も思っていないつもりだったが、神戸大学の合格がわかったときは安心してひざから力が抜けて立てなくなってしまった。実はかなりプレッシャーを感じていたことにそのとき気がついた。

大学に入学してすぐのことで記憶に残っているイメージがある。父と母と私の三人で大阪に住む父方の祖母に車で会いに行く途中、国道沿いでおもむろに車が停まる。母がカバンから封筒を取り出し父に手渡す。

「これは晋吾の学費としてとっておいたものやで」

父が何と答えたのかは覚えていない。「わかった」とか「すまん」とか何か言ったか、何も言わなかったか。父は車を降りて、国道の向かい側にある消費者金融のＡＴＭへと向かう。その背中を見ながら、私は母にいくら渡したのか尋ね、母が一〇〇万ほどと言ったような記憶がある。自分の学費だと言われても、元々が私が稼いだお金ではないわけで、どういうふうに思えばいいのかよくわからなかった。母が見せしめというか、懲罰というか、こういうパフォーマティブなことをするのはこれが最初で最後だったと思う。

父と母が実際に離婚をしたのはその年の一二月になってからだった。もろもろの手続き等で手間取ったというのもあるのかもしれないが、一刻も早く別々になりたいと息せき切っていたわけではなかったのだと思う。

母と父は家を売却し、残ったお金は二人で分けた。

このとき、母のほうがけっこう多めにもらっていたということを私は最近知った。慰謝料的なことだったのだろうか。父は大山崎町の団地を買い、母は京都市の南区のマンションを買った。先にも述べたが、母は父と別れてからは、奈良交通というバス会社のバスガイドさんたちのための社員寮の寮母になった。宇治市にある社員寮に住み込みで働いていたので、南区のマンションにはたまに帰ってくるだけだった。私は大学二年生になる春から神戸の六甲にある大学寮に入って一人暮らしを始めた。兄はもうすでに就職をして家を出ていた。こうして、私たち四人はそれぞれ一人での生活を始めるようになった。

生活を共にするという関係が解消されるといういわば大きな転機を迎えることになったが、四人が集まって話し合ったりすることはなかった。父と母の離婚も、とくにもめることもなく円滑にすすめられたが、それは父が家を売ったお金の配分について何も文句を言わなかったからなのかもしれない。父と母が別れ、家も売却されて、私はほっとしていた。それはおそらく、他の三人も同様だったのではないだろうか。


一緒に住んでいたころ、私が母と父の関係をどのように見ていたのか、あんまり思い出せない。ある段階からはもう別れてしまったほうがいいんじゃないかとは思っていたが、母と父がたがいに対して何か強いネガティブな感情を抱いているというふうには感じていなかったと思う。

父と母の二人のことは私が語れることではないと思うし、語りたいとも思わない。昔の印象はどんどん薄れていき、今の印象によって書き換えられていく。とりあえず今も二人はたまに連絡をとることはあるようで、私が京都に帰ったときには三人で食事に行くこともある。二人とも、別に積極的にやりとりしたいというわけではないのかもしれないが、なんとなく気にはなっているし、たがいに相手が元気だとうれしそうに見える。食事はいつも近所にある回る寿司屋かしゃぶしゃぶ食べ放題の店に行くので、ネタがどうだとか、お肉がどうだとか、どういうふうに食べたらおいしいだとか、そういう本当に他愛もない話を延々にして終わる。

一人になってからの父は、平穏に暮らしていた。

私は、やっぱり父は一人で気楽に生活するのが合っているのだと思った。私は一人になってからの父と会うことはほとんどなかった。盆や正月に会うということもなく、年に一度も会っていなかったと思う。おそらく遠慮もあったのだと思うが、父のほうから私に連絡してくることはほぼなかった。ただ、私としては、もう絶対に会いたくないというほど父のことを拒絶していたわけでもなかったので、父に彼女ができたと聞いたときには、その女性と三人で食事に行こうと私から誘ったこともあった。父に彼女ができたことを祝福したい気持ちもあったし、何よりどんな人なのか見てみたかった。

食事に行く日、父の彼女である女性は、胸にスヌーピーが大きく描かれた真っ赤なパーカーと赤いラインの入った黒いアディダスのジャージを身に着けてあらわれた。焼き肉屋「でん」に向かう車のなか、ひさしぶりに会った私と父が近況を話していると、女性は「あー、疲れた」というつぶやきを大きな声で私たちの会話にかぶせてきて、そのまま今日の仕事がいかにしんどかったかという話を続けた。

その女性は決して感じの悪い人ではなかった。よく笑う人だったし、父も楽しそうにしていた。お酒が好きな人で、父もお酒は好きだったのでそこが合っていたのだろう。ただ、本当に人の話を聞かない人だった。正直なところ私は、「父はよくこんな人と一緒にいられるな」と思った。と同時に、私が知らなかっただけで、実は父はこういう女性とのほうが一緒にいて気楽だし楽しいのかもしれない、とも思った。

焼き肉は父がごちそうしてくれた。

私は二〇〇八年の三月、大学院に進学するために、生まれ育った京都を離れて上京することになったのだが、その壮行会という名目で、父、母、兄、私の四人で回る寿司屋に行った。四人が集まったのは父と母が別れてからおそらく初めてのことだった。父と母は別れてからまったく連絡をとっていなかったわけではないようだった。年に一回ぐらいこうやって四人で集まるのも悪くないかもしれないと母が口にし、私もそんなふうに思った。この日も父がごちそうしてくれた。私たち四人は、これぐらいの距離感がちょうどいいのだろうと思った。

その半年後、二〇〇八年の九月に、父は数年ぶりに行方をくらませた。

このときは一〇日間ほどで家に戻ってはきたが、もう仕事には行かなくなっていた。団地のローンや消費者金融からの借金もあったので、このまま何もしなければ文字通り生きていけなくなるにもかかわらず、父は何もせずにずっと家にいるようになった。こんなことは初めてだった。

　私も兄も母も、家に戻ってきてからの父がどうするのかしばらく様子を見ていたというか、放っておいた。以前一緒に暮らしていたころは、いなくなってもまた仕事に戻っていたのだから、今回もそうするだろうとなんとなく思っていた。そういうことができない人ではないと思っていた。私は一人東京にいたので、父のことは気にはなりながらも自分のことにかまけていた。父自身で何とかさせるべきだろうと思っていたし、放っておいて、父がどうするのか見てみたいという気持ちがあった。

　数週間が過ぎ、連絡をしてみても父は電話に出ないので、兄が父の家に様子を見に行ってみた。家に行くと父はそこにいた。会ってみると普段とそれほど変わらない様子で髭などもちゃんと剃られていたが、元の職場には復帰しておらず、新しい仕事を探しているわけでもなかった。どうするのかと聞いても、「まあそろそろなんとかしようとは思ってる。ただ動こうにも今は手元にお金がないので動かれへん」みたいなことを言うので、兄はお金を貸すことになった。しばらく経ってまた連絡をしてみるが、やはり父は電話に出ない。会いに行ってみると、父はまた家にいるが、やっぱり何もしていない。前に貸したお金ももうほとんどない。そんなことをしているうちに、父が仕事をしなくなって二か月が経とうとしていた。

　生活がもうほとんど立ちいかなくなっている、にもかかわらずに父はあいかわらず何もしようとしていない。このことを母からの電話で知ったとき、私はこのまま放置しておくのはさすがにやばいと思った。もしかしたら父はずっとこのまま何もしないつもりなのかもしれない。いや、何もしないという覚悟を決めているわけではないが、でもそういうふうになってしまっている。あるいは、もう何もできなくなってしまっているのか。

誰かが父の生活に介入するのであれば、その誰かというのは自分であるのが最も現実的だ、と私は思った。私は学生で、時間の融通ができた。そうやって父と関わることに思いを巡らせているうちに、父を写真に撮ることの可能性が浮かび上がってきた。そして、その可能性は私にはとても魅力的に思えた。私は父の写真を撮ってみたいと思った。

そのときの私は父と関わることについて、相反する気持ちを抱いていた。今の父がどういう状態なのか、今後父がどうしていくのかを見てみたいという好奇心を刺激されてはいたのだが、やはり気の進むことではなかった。そんな「面倒」なことをタダでやりたくはないと思っていた。そのときに私が感じていたためらいは、本当は「面倒」なんて一言で片づけられるものではなかったかもしれないが、そのときの私はそう言ってしまいたい気分だった。

ただ、父とのあいだに写真を撮ることを持ち込めば、父と関わることは自分にとっても意味があるものになると思った。そう思うと俄然意欲がわいてきた。

father

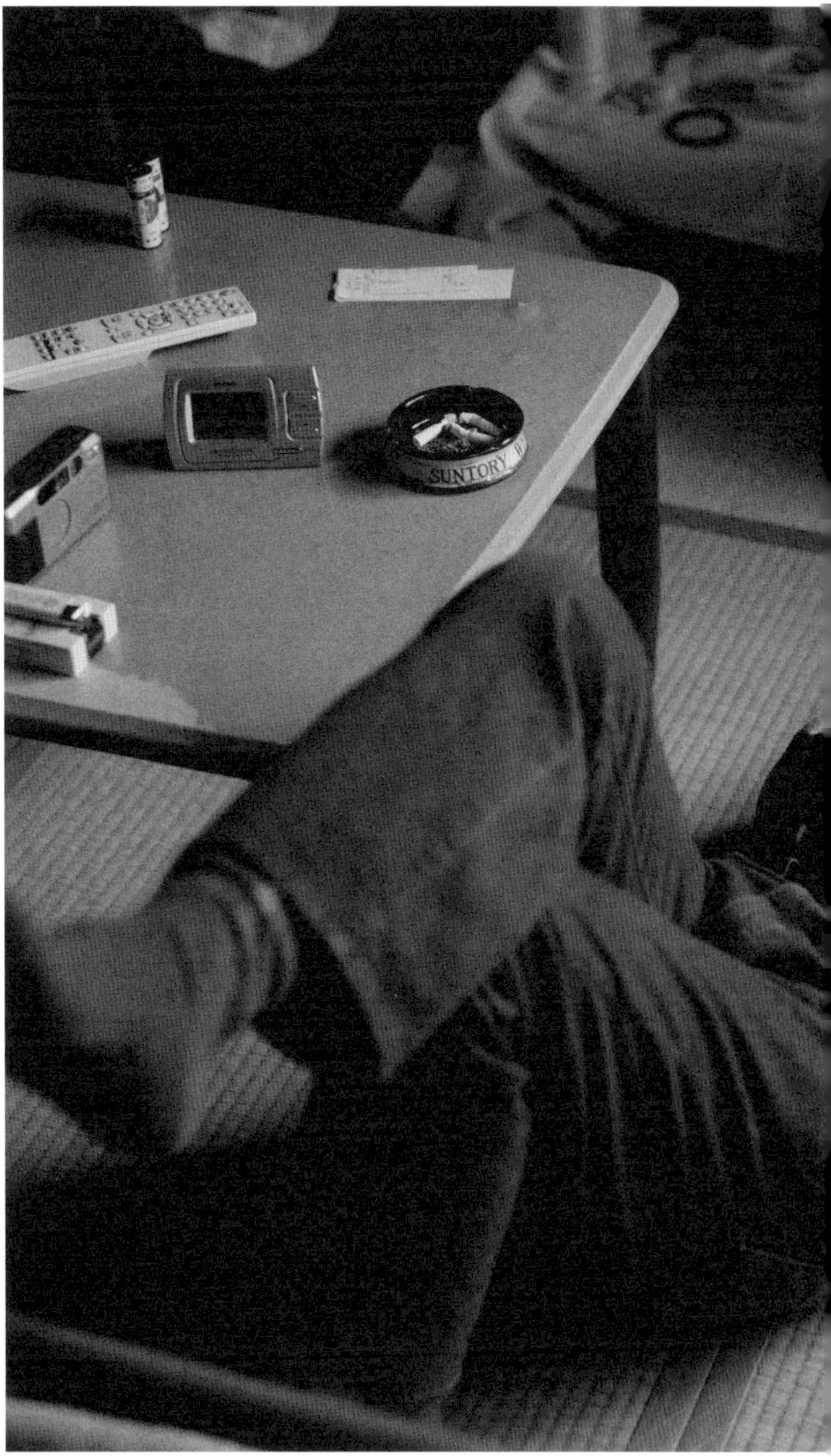
SUNTORY

3

私が父を撮るようになったのは、父の危機的な状況が自分の目の前にあらわれたからだが、その一方で、私自身の側にも、父を撮りたいと思うに至る状況があった。このころの私は、父のことに先んじて、また、父のこととは無関係に、「何か写真を撮りたいけれども何を撮ればいいのかわからない、だから写真が撮れない」という状態に陥っていた。

自分自身がそんな状態にあったので、私はずっと何もしない父、ともすれば緩慢な自殺を試みているようにも見える父を、写真の被写体として発見した。空白になっている被写体の位置に、父を置いてみたいと思ったのだ。父の写真を撮ってみたいなんて考えたのはこのときが初めてだった。

私はそれまではずっと、具体的な対象やテーマを設定せずに、「スナップ」と言われるような写真を撮っていた。私が自分で一眼レフのフィルムカメラを買って写真を撮り始めたのは高校二年のときだった。もちろんその前から使い捨てカメラで撮ったりはしていたが、自分でカメラを買って写真を撮ってみようと思ったのは、雑誌で写真家と言われる人たちの写真を目にしたからだった。九〇年代の終わり、まだ雑誌がたくさんあって、そこで写真家たちが写真を発表していた。

写真はやってみたいと思い、やってみようとすれば、とりあえずやれる。カメラとフィルムを買って、シャッターを切って、お店に出せば、数時間後にはL判写真の束が手に入る。技術的なことを理解していなくても、シャッターを押せば写真は撮れる。練習も必要ない。その簡単さが私には合っていた。

これは思い出すと、自分のことながらひいてしまうのだが、私は写真を撮り始めてしばらく経ったころ、それまで撮っていた写真のネガフィルムを邪魔だと思ってまとめて捨ててしまった。撮っていた写真が気に入らなかったので捨てたくなったとかそういう話ではない。そのころの私にとって写真を撮るということは、L判写真を手に入れるための行為だったのであり、L判写真の束を手にした時点で写真を撮ることは完結していた。ネガフィルムはL判写真と一緒にとりあえず渡されるものでしかなかった。

そのころの私は、ネガフィルムというのが何であるのかよくわかっていなかったというか、そもそもそれが何であるのかという問いにすら至っていなかったのだと思う。かつての自分がネガフィルムのことをどのように考えていたのか、今とはなってはよく思い出せない。インデックスプリントみたいなものぐらいに思っていて、でも、インデックスにしては画面も小さくて色も反転していてものすごく見づらくて役に立たないので、こんなものは捨ててしまおうと思ったような気がする。また、あるいは、ネガフィルムを使えば「写真の焼き増しができる」ということは理解していたが、もう手元にL判写真はあるのだから、焼き増しなんて必要ないだろうと思って、ネガを捨ててしまおうと思ったような気もする。ネガが何であるのかわかっていないというのは、そもそも写真の構造をまったく理解していないということだが、それでも写真を撮ることはできた。

高校生のころから、写真や映画や音楽が好きだったり、表現や作品と呼ばれるようなものに強い興味をもっていたが、当時の私は、絵なんてまったく描けない自分が美術大学に進学するなんて絶対に無理だと思い込んでいたし、ありえないことだと思っていた。

まずそもそも、私は大学というところがどういうところなのかがよくわかっていなかった。法学部や経済学部よりも、文学部のほうが自分の興味に近いというのはなんとなくわかっていたのでそこに行こうと思っていたが、センター試験の結果が思わしくなくて、志望していた神戸大学は文学部よりも発達科学部のほうが若干倍率が低くて入りやすかったので、そっちを受けることにした。「発達科学」というのがなんなのかはよくわかっていなかったが、「人間」の「発達」を扱うのであれば、むしろ「文学」よりもおもしろいんじゃないかと思って自分を納得させた。

入学してしばらくしてから発達科学部というのは教育学部が改変されてできたものだということを知る。自分は教師になりたいわけではなかったし、教育に興味があったわけでもなかったので、大変な失敗をしたと思った。同じ学科の友達は一人しかいなかった。女性がたくさんいる学科だったけど、女性の友達は一人もいなかった。

私は大学ではとりあえず写真部に入ったが、そこは暗室でモノクロ写真を焼くことを主な活動としていた。私は暗室作業もモノクロ写真も全然好きになれなかったので一年でやめた。それでも、写真を撮ることはやめずに続けていた。いや、続けるとかやめるとかいうほど、継続的な意識をもっていたわけではなかったが、写真は撮っていた。

自分が撮った写真が他の人にとっても見る価値があるものだとは思っていなかったので、コンテストに出そうとか、どこかで発表しようということは考えもしなかった。でも、自分が撮った写真が他人にとっても見る価値があるものになることへの漠然とした憧れや欲望は、自分のなかでくすぶっていた。でもそうするだけの自信も勇気もなかったし、やむにやまれぬ思いみたいなものがあったわけではなかったので、自分に見せるだけでやっていられた。

就職活動がはじまる大学三年の終わりごろ、このまま就職活動をする気にはなれなかったので、大学を休学してインターメディウム研究所（以下ＩＭＩ）という学校に行くことにした。就職という、とくにやりたくもないことが目前に迫って来たので、それまで自分がやってみたいと思いながらやることができなかったことを、一度本当にやってみることにした。自分を納得させるため、という気持ちが強かった。ＩＭＩを選んだのは講師陣の顔ぶれが豪華で、こういう人たちと一度実際に関わりをもってみたいと思ったからだった。ＩＭＩは写真専門の学校というわけではなくて、他にも、デザイン、映像、音楽、現代美術等々、いろんなジャンルの講師がいた。写真の講師は鈴木理策さんだった。私が写真で何か作品を作るということを意識し始めたのはこのころからだ。

私が写真を撮っていたのは、何か具体的に撮りたいものがあったからとかではなかった。もっと漠然としていて、目の前にあるものが写真になるということ、そのこと自体がどこか妙だと感じていて、その妙な感じに惹かれていた。写真になったときに生じる違和感が問題だったので、写っているものは何でもよくて、というよりもむしろ、写っているものは何か特別な意味をもたないもののほうがよかった。

私は「写真というものはわからなくするものだ」と考えていた。写真になると、空間的にも時間的にも前後関係から切り取られてしまうがゆえに、その写真が撮られた状況や文脈が把握できなくなる。だから、写真にはどうしてもわからなさがついてまわる。私は写真のそういう性質に魅力を感じていた。

「写真はわからなくするもの」という考えをすすめていった結果、私は写真を使って何か具体的な対象やテーマについて語ろうとすることはどこかまちがったことであり、撮る対象は何でもいいということのほうが写真にとってむしろ正しいことだと思うようになった。テーマや対象を設定したいい作品があることは知っていたが、自分がそういうやり方で作品を作りたいとは思わなかったし、作れる気もしなかった。

私が撮っていた写真を、講師の鈴木理策さんはおもしろがってくれた。それが私にはとてもうれしかったし、自信にもなった。実際、他の参加者の写真をいろいろと見ても、自分の写真は他とはちがうところがあると思えた。

自分が何かおもしろいものが作れるなんて、思いもよらないことだった。それまではまったく自信がなかった。実は私はＩＭＩに通う前に、誰にも内緒で大阪にあるシナリオの学校に通っていたのだが、いくつかあるコースのなかで私は最初心者向けのコースを選んでいた。プロを目指すコースというのもあったが、受講する勇気がなかった。最初心者向けのコースの受講者は五人で、退職後の余暇を生かして自伝を書きたいと思っている男性が二人、自分の母親ぐらいの主婦が一人、中年と呼んでもさしつかえなさそうなフリーターの男性が一人、そして私だった。半年間通ったが、実際に何かを書いたのは数回で、それも原稿用紙二枚とかだった。「窓」というタイトルで、マンションの窓の向こうにある無数の生活を思うと幸せな気持ちになるみたいな文章を書いたが、講師からは「着眼点は悪くない」という毒にも薬にもならないコメントしかもらえなかった。

ＩＭＩに通うことで、私は制作や表現ということに対して少しは自信をもてるようになったが、だからといってそこですぐに写真家になろうとか思ったわけではなかった。とりあえず就職活動をして、何か「クリエイティブ」なことができる大企業のマスコミに、具体的には大手広告会社かテレビ局に入りたいと思った。私は企業というものがどういうものであるのか、全然わかっていなかったが（そしてそれは今もあまり変わらないが）、ざっくりと次のような認識をもっていた。この社会にはいくつかの特権的な企業があり、そこに入るチャンスは新卒のときしかない。新卒のときに特権的な企業に入れなければ、一生その下位に置かれるような企業で働き続けるしかない。上下間の移動というのはむずかしくていわば階級のようなものになっている。具体的なイメージは何も伴っていなかったが、ただ漠然と、いい環境、いい収入が得られる特権的な企業に入りたいと思っていた。

就職活動一年目はどこにも受からなかったので、もう一年休学をのばして二回目の就職試験に臨んだ。就活を二回したことを思い出すと、なんだかとても恥ずかしくなる。それは特権への執着だったたと思う。

二年目も試験はうまくいかず、初夏のころにはもう大手マスコミの試験結果はすでに出ていた。さすがにもうあきらめるしかないと思った。制作会社の試験は残っていたが、受ける気になれなかった。ＩＭＩの同級生たちは、卒業生たちが働いている制作会社に入る人たちがけっこういた。

大学の映画部の友人が、日本テレビに受かっていた。その友人から新入社員だけで集まる研修会の話を聞いたとき、私はひどい羨望と嫉妬に駆られた。あれはなかなかきつかった。ああいう感情を抱いて生きていくのは本当に辛いし、自分の心身にとって本当によくないと思う。

夏ごろからは就職活動はせずに、コンペ入選を目指して写真を撮りながら、卒論に取り組む毎日を送っていた。それはつまり、このままいけば、来春からはフリーターになるということだったが、そういうふうには思っていなかった。思わないようにしていたというのもあった。とりあえずコンペ入選を目指す。コンペに入選すれば何かがあるだろうと思っていた。

大学院に進学するつもりでもないのに、卒論には力を入れた。心身を二元論的にとらえていたデカルトにとって、言語というものがどういう位置づけにあるのかを検証することで、近代合理主義の祖と言われるデカルトにとっての、「合理的」というものがどういうものであるのかについて考察するという論文だった。指導教官の白水先生はこの卒論をとても高く評価してくださったし、自分でもよくがんばったと思っている。ただ、毎日デカルトを読みながら、こんなことをしている場合なのだろうかという不安が頭の片隅になかったわけではなかった。

秋に応募したひとつぼ展というコンペに入選したことがその年の暮れにわかり、翌年の四月に東京でのグループ展に参加できることになった。そのグループ展自体もコンペになっていて、グランプリを獲ればさらにその翌年に個展ができる権利が与えられるというものだった。

私はあいかわらず、就職先も何も決まっていなかったが、コンペ入選をなんとなくの言い訳にして、とくに何も決めないままに大学を卒業してフリーターになった。この先もずっと写真を続けていく強い決意などがあったわけではなかった。就職活動はしたものの自分が入りたいと思うような企業には入れなかったし、もう少し好きに写真を撮っていたいとも思っていたので、とくに何も決めないままにしていたら、フリーターになったのだった。

カメラマンになること、写真を仕事にすることもまったく考えなかったわけではないが、写真のスタジオに入ったり、誰か写真家のアシスタントになって、修行の身として一から学ぶという苦労を引き受ける気にはなれなかった。単純に、心身に負担がかかる生活を送ることが怖かった。四月のグループ展でのコンペの結果は全然だめだった。

母は私が神戸大学を卒業して、それなりにいい企業に入ることを期待していなかったわけではなかったと思う。でも、私が就職先も何も決まらないままに大学を卒業することに対して、何か苦言を呈することはなかった。そこには母の私に対する盲目的な信頼があったのだと思う。なので、私はとくにまわりから干渉を受けることなく、スムースにフリーター生活に入っていった。

フリーターになってからは、家庭教師をしたり、クレジットカードの勧誘のバイトをしながらたまに写真を撮るという生活をしていた。フリーターになってからも同じように「わからなくする写真」を撮っていた。だが、だんだんと自分がやっていることがパターン化していることに気づかざるをえなくなった。「写真のわからなさ」がおもしろいと思って撮っていたはずなのに、どうやればわからなくなるかはもう自分のなかでパターンができていて、それを反復しているだけだということが自分でわかってきたのだった。

次第にこれまでと同じようには写真が撮れなくなっていった。フリーターという先の見えない生活を送っていたことも関係していただろう。何かもっと全然ちがうアプローチ、具体的な対象を決めて撮ったりしてみようかと考えたりもしたが、その対象が見つからなかった。このままではこのフリーターの生活がずっと続くだけのような気がしてきて、というかそれは実際にそうだったので、私は気を病むようになり、十二指腸潰瘍になった。

このままではもうだめだと思って、就職も考えたが、新卒ではない自分が入れるのは劣悪な労働環境の会社しかないと思い込んでいたので、とても過酷な暗い未来しか思い浮かばず、余計に気持ちは落ち込んだ。これではさらに胃腸を悪くするだけなので、何か自分の気持ちが盛り上がることをやるしかないと思った。

ちょうどそのころ、ＩＭＩで写真の講師だった鈴木理策さんが東京藝術大学の先端芸術表

現科というところで先生をやっていることを知り、そこの大学院生になることを想像すると気持ちが明るくなったので、そこを受験することにした。ただ、その受験もすんなりと決断できたわけではなかった。合格できる自信はなかったし、今さら大学院を受験したりしてもいいのだろうかという不安があった。その不安はかなり大きかった。

そのころ、大阪芸大の先生をやっている写真家の吉川直哉さんに知り合った。吉川さんも二〇代の終わりから三〇代半ばまで学生をやっていたので、今の年齢からまた学生をやろうとすることについての相談をさせてもらった。吉川さんは「大学院に通ったところで云々かんぬん」みたいなことは何ひとつ言わず、「それはもう絶対に受験してみるのがいいと思います」と背中を押してくれた。その言葉で余計な心配をすることをとりあえずやめることができた。あれは本当にありがたかった。

試験はポートフォリオと論文と面接だけだったので、学校での「図工」や「美術」が苦手だった自分にも可能性はあるのではないかと思っていた。試験は合格した。運がよかったという言い方をするのはちょっとちがうと思うが、あのころの自分は試験に合格するのが当然と言えるだけの何かをもっていたわけではなかった。合格できたのは、いろんなことのタイミングに恵まれていたのだと思う。

二〇〇八年四月、上京して環境も変わり、さすがに十二指腸潰瘍になるような精神状態ではなくなった。ただ、東京に住んだからと言って何かが劇的に変わるわけでは当然なく、何を撮ればいいのかわからないという状況はあいかわらず続いていた。

写真を撮って作品を作ることを続けるためには、これまで自分がやってこなかったこと、つまり、具体的な対象を設定して撮るしかないと思っていたが、その具体的な対象をどう選べばいいのかがわからなかった。被写体を「人」に設定して、路上で出会う見知らぬ人を撮ってみたりもしたが、何でも撮っていたころよりも余計にとりとめのないものになった。

撮る場所をもっと限定してみてはどうかと思い、美術館や博物館などの何かを見るための施設で何かを見ている人たちの写真を撮ってみたら、悪くないような気がした。そういう写真は、作品として成立するための「コンセプト」や「意味」みたいなものをもっているような気がしたので、これならいけるんじゃないかと思った。

大学院に入学して半年後、一〇月の終わりごろに学内で成果発表展があったので、私は美術館や博物館で撮影した写真を、「わたしたちはわたしたちでないものをしっている」という意味深なタイトルで発表した。一四〇〇ミリ×一一〇〇ミリの大きさに引き延ばして額装し、小さな部屋の四方の壁にそれを一点ずつかけて、何かを見ているひとたちの写真に取り囲まれながら、その写真を見るという展示方法にした。

先生たちや同級生たちの反応はよくも悪くもなかった。それなりに見るべきところはある写真になっていたと思う。ただ、私自身が「こんなことをやっていてもしょうがない」という気持ちになっていた。こういう写真を自分が撮る必然性が感じられなかった。こんなことをずっと続けることはできないと思った。

私は、自分が撮ることに何らかの意味が生じるような、私の個別具体性と直接関わってくるような対象を撮りたいと思った。そうする以外に自分が作品というものを作る方法はないような気がした。

私がこういう状態にあったときに、父のことが起こった。そこで私はこれ幸いとばかりに、父を撮ってみようと思ったのだった。

4

二〇〇八年の一一月三日、私は父に会いに行った。

実際に会ってみると、父の様子はそれ以前とさほど変わっていなかった。抑鬱状態にあったり、格好が荒れ果てたりしているわけではなかった。父は私に酒と簡単な料理を振舞ってくれた。私たちは酒を飲みながら、テレビを見つつ、どうでもいい他愛もない話をすることになった。父のほうからは、父自身が置かれている状況について何も話をしてこなかった。私からその話題を持ち出さないかぎり、楽しくお酒を飲んで帰ることになりそうだった。

私が問いかけると、父は短い言葉で父自身のことを簡単に説明した。父は行方をくらませて戻ってきてからのこの二か月間、とくに何をするでもなく過ごしていたとのことだった。消費者金融からの借金が利子で毎月数万円ずつ膨らんでいたし、今住んでいる団地のローンの返済も滞っていたので、父はこのままでは生活していけなくなるというとても厳しい現実に直面しているはずだった。であるにもかかわらず、当の本人はどこか別のところにいるというか、自分のことではないように思っているようだった。私は、父がこの二か月間をどういう気持ちで過ごしていたのか、想像しようとしたがうまくできなかった。

喫緊の課題は借金と住宅ローンだった。テレビのコマーシャルで、弁護士の無料相談があることは知っていたので、父と一緒に京都市内にある弁護士事務所に行った。弁護士からは次の三つの選択肢が考えられると言われた。

・一、任意整理を依頼して、持ち家は手放さず、借金を減額して三年で返済（五年で返済にもできる）。
・二、個人再生を申請して、持ち家は手放さず、借金を一〇〇万円にまで減額をして三年で返済。
・三、自己破産を申請して、借金を帳消しにする。持ち家も手放す。

任意整理と個人再生のちがいは、任意整理は弁護士が債権者と直接交渉するので裁判所を通さないのに対して、個人再生は民事再生法という法律に基づいた裁判手続きであり、裁判所に申し立てをすることになる。

任意整理のほうは借金を減額する債権者を選べ、資料の準備が必要ないので手続きが比較的簡単で費用も二、三万円ですむが、借金を減額する効果はあまり高くなく、実際やってみないとどれぐらい減るかもわからない。それに対して、個人再生はすべての債権者が対象であり、資料を大量に用意する必要があるので手続きは大変で、費用も三五万円ほどかかるが、借金減額の効果はとても大きい。具体的には、借金が一〇〇万円以上五〇〇万円未満なら一〇〇万円に、五〇〇万円以上一五〇〇万円未満なら借金額の五分の一に、一五〇〇万円以上三〇〇〇万円未満なら三〇〇万円に、三〇〇〇万円以上五〇〇〇万円以下なら借金額の一〇分の一にまで減額され、それを三年間で返すことになる。父の消費者金融からの借金は三〇〇〜四〇〇万のあいだだったので、一〇〇万にまで減ることになる。

自己破産だと借金は帳消しになるが、資産も全部手放さないといけない。父が住んでいる団地はローンで購入しているので、これも手放さないといけなくなり、住む場所が新たに必要になってくる。弁護士は次のように話をまとめた。

「任意整理が裁判所を介さないので最も手軽だが、収入がない状況では手続きができず、また現状を聞く限り、任意整理したところであまり意味がないと思われる。また、自己破産をしてしまうと、せっかくもっている家も手放すことになる。住む場所というのはなくては生きていけないのだから、自己破産してしまわずに個人再生でやっていくのがいいのではないか。現在の住宅ローンは四万二〇〇〇円なので、普通に部屋を借りるのとそんなに変わらない。どうせ払うならローンのほうがいいはず。ただ、個人再生も収入がない状況では申請できないので、とりあえず仕事を探すのが先決。なんにせよ、働かずには生きていけないのだから」

私も順当に考えればたしかに個人再生がベターな方法だと思ったが、これを選ぶのであれば父本人にその意志がないとどうしようもない。しかし、父のほうから、「よし、とりあえず仕事を見つけて個人再生でなんとかやってみよう」という言葉は出てこない。というか、そもそもこちらから問いかけなければ、父はこの問題にふれようとはしてこない。「どれがいいと思うか」と私が訊いてみると、「まあこのなかやったら、一度きれいさっぱり借金をチャラにしたほうがいいやろうな」と父は言った。私もとりあえず一度きれいさっぱり借金をチャラにしたほうがいいと思っていた。私も父も自己破産することと自体にはまったく抵抗がなかった。自己破産のデメリットとして、官報に自己破産をした人間として住所と名前が載ることと、五年から一〇年借り入れができなくなる、いわゆるブラックリストに載るということなどがあるらしいが、そんなことは何の問題でもなかった。

任意整理か、個人再生か、自己破産か、どれにするのか決めなければいけなかったが、それよりも何よりもまずは「とりあえず仕事を探すのが先決」だった。働かなければどのみち生きていけないのだから。私が仕事についての話題を父に向けると、父は「とりあえずハローワークに行ってみる」と言った。私は父の言葉を真に受けて、仕事が見つかるかどうかの結果が出るのを待つことにした。

しかし、数週間経っても、父からの連絡はこない。こちらから連絡をして、どうだったか訊いてみると「あんまりいいのはなかった」と言うのだが、そもそも本当にハローワークに行っているのかどうかが疑わしかった。

危機的な状況にも関わらず自分からは動こうとしない父を見ていると、「この人は病気なのだろうか。病気だと考えるべきなのだろうか」ということをどうしても考えさせられた。ただ、そのことについて私はいろいろと考えはするのだが、最終的にはイエスともノーともはっきりと言えないというか、病気かどうかで父のことを判断すること自体を退けたくなるのだった。

私は「今の父はこのまま放っておいてもどうにもならないやばい状態にあるのかもしれない」と思いながらも、「父は病気なのだから、まずはこの病気を治さないといけない」と考えることも避けたかった。私は別に病気であることを忌むべきことだと思っていたわけではなかったが、ただ、父のことを「病気」という言葉で了解してしまうことには納得がいかなかった。実際、病院に連れて行っても医者には「鬱病ではない」と言われた。では、何の病気なのかと尋ねると医者は少し考えたのち、「解離性障害《かいりせいしょうがい》」という診断を父に与えた。解離というのは、「意識や記憶などに関する感覚をまとめる能力が一時的に失われた状態」を指す言葉らしくて、そういう状態に父があるというのはたしかにそうなのかもしれないが、だからどうすればいいというのはとくに何も言われずに、「眠れないのであれば睡眠薬を、不安があるなら抗不安薬を出すことはできるので、まずはゆっくり休んでください」というのが医者の言葉だった。とりあえず薬はいくらかもらったが、気がつけば父は薬を飲むのをやめていた。「飲んでもあまり意味がないと思った」とのことだった。

私は一一月は三日から八日までの六日間と、二〇日から二五日までの六日間、父と関わるために京都に滞在していた。そのあいだはたびたび父の家を訪れたが、家にいるときの父の様子は以前と変わらないものだった。

家ではいつもテレビがついていて、父はテレビに対してはとても快活に反応した。ちょうどそのころはリーマンショックの時期で、テレビではサブプライムローンの問題がよくニュースになっていた。「一八万ドルだった家が、八〇〇〇ドルにまで価値が下がった」というニュースを聞くと、父はそれを即座に暗算で日本円に換算し、「一ドル一〇〇円とすると、一八〇〇万円だった家が八万円になったってことか」とうれしそうに話した。また別のニュースで、一一〇番に性的ないたずら電話をかけていた女性が逮捕され、最大一日で九五〇回以上電話していたと聞くと、また父は即座に暗算をして、「一日に九五〇回ということは、寝る時間なんかを差し引いて起きてる時間を一五時間とすると九〇〇分になるから、一分に一回以上は電話していることになるな」とこれまたうれしそうに話すのだった。父はどうやら換算するのが好きらしいが、そういうところは私にもあると思う。でも、私の場合、これは父の影響というよりも、小学生のころに公文をやっていたからだと思う。

父がテレビでよく見ていたのはスポーツだ。父はスポーツをするのも見るのも好きなので、テレビでスポーツがやっていると、どんなスポーツであれ、それを見る。その気持ちは私もわかる。父と同じく、私もスポーツを見るのは好きだ。現実から遊離した、スポーツという自律した空間と時間を眺めていると、心がなぐさめられる。父の家に行くと、よくテレビではスポーツが流れていて、それをとりあえず一緒に眺め、スポーツについての他愛もないことを話すということがよくあった。自分たちとは完全に切り離された別世界の話。

父は過去に意識を向かわせ、「もっとこうしておけばよかった」「ああしておけばこんなことにはならなかったのに」といった後悔を口にすることはなかった。また、未来に意識を向かわせて、「どうすればいいんだ」「どうなってしまうんだ」といった不安も口にしなかった。父は、今目の前にあるけども、父自身とはあまり関係のないことばかりを口にした（今から思うと、父がそういう人だったから、私もそんなに嫌な気持ちにならずに関わることができたのだろう。もし、父が後悔や不安の言葉ばかりを吐き続けていたら、私もやってられなかったと思う）。

ただ、後悔や不安を口にしないからと言って、父は本当に何も感じていないわけではなかった。父はそんな仙人のような境地に達しているわけでは全然なくて、私のような人間があらわれ、厳しい現実を目の前に差し出すと、父の表情はとたんに曇り、視線は虚ろになり、動揺を示した。「これからどうするのか」「なぜ動こうとしないのか」「自分のことや、自分が今置かれている状況をどのように理解しているのか」等々の問いかけ、つまり、父に自分自身と向き合うことを強いるような問いかけに対しては、父は口ごもり、「わからない」と答えるのだった。

父は基本的にはとても温厚で他人に威圧感を与えたりしない人だが、自分自身と向き合うことを強いるような問いを投げかけられ、その問いのなかに身を置かないといけなくなっているときには、とても静かに、父自身も自覚していないようなレベルで、怒りを感じているように見えた。といっても、その怒りというのは私という個人に向けられているというよりも、もっと漠然とした何かに向かうものだったと思う。その何かというのが、こうやって借金がふくらんで生活が立ちいかなくなっていることに対してなのか、こういう状況になったことについて他者に説明をしないといけないことに対してなのか、それはよくわからないし、おそらく父自身にもわかっていなかったと思う。

父は、食べるものを買うお金すらもうなくなるというときでさえ、母や兄や私に「助けてほしい」と言ってくることはなかった。ただ、「助けてほしい」とは言わないが、「お金を貸してほしい」と言ってくることはあった。そのときも、「今は手元にお金がないから、ちょっと借りることはできるだろうか」というような、まるで今は財布を忘れてたまたま手元にお金がないだけであるかのような、そんな言い方だった。

世の中には、他人とうまくコミュニケーションをとれないから、あるいは人に迷惑をかけることを絶対的に悪いことだと思い込んでいるから、他人にたよることができないという人たち、ある種の不器用さや真面目さによって自分の内側に閉じこもってしまう人たちというのがいると思う。けれども、父はそういう人ではないように私には思えた。そういう部分がないわけではないだろうが、そういうことで片づけてしまえないものが父にはあると思った(だが、こうやって書いてみると、そんなことは父に限ったことではなくて、あらゆる人がそうだろうとも思う)。

私にはあるひとつの問いがつきまとっていた。

それは「父はただ、自分のことを見ないようにしているだけなのではないか」という問いだった。

私は「父は自分のことを見ないようにしているだけ」という考えに執着していた。囚われていたと言ってもいいかもしれない。

私は「父は自分のことを見ないようにしているだけ」と考えることによって、父の意志を問題にしようとしていたのであり、それはつまり父の責任を問題にしようとしていた。

「父は意志をもって自分のことを見ないようにしているわけなのだから、その逆に意志をもって自分のことを見つめようとすればいいだけのことであり、そうしないのであればたとえ生活が破綻したとしてもその責任は父にあるので、私は下手に介入すべきではないし介入しなくてもよいのではないか」、そんなことを私は考えていた。そこには「父は自分がやったことのつけを自分でちゃんと払うことで、初めて改心できるのではないか（そうしない限り変わらないのではないか）」という教育的、懲罰的な視点も含まれていた。

私は父の責任を問いたいからこそ、「父は自分のことを見ないようにしているだけではないか」と考え、父の意志を問おうとしていたのだが、意志と責任の関係について考え始めると、そこに加えて「できない」ということ、能力についても考えざるをえなくなった。

父は「自分のことを見ようとしていない」のか、あるいは、「自分のことを見ることができない」のか、そこが問題になった。しようとしていないだけなのであれば父に責任があるが、そもそもできないのであれば責任を問うことはできない。それはもう仕方がないとしか言いようがない。

だから、問題は父に欠如しているのは意志なのか、能力なのか、そこを見極めて判断することになるのだが、ここで困難に直面する。「やろうとしていないだけ」とか「やろうとしてもできない」とか言うことはできるし、何かそういうことを考えることはできるような気

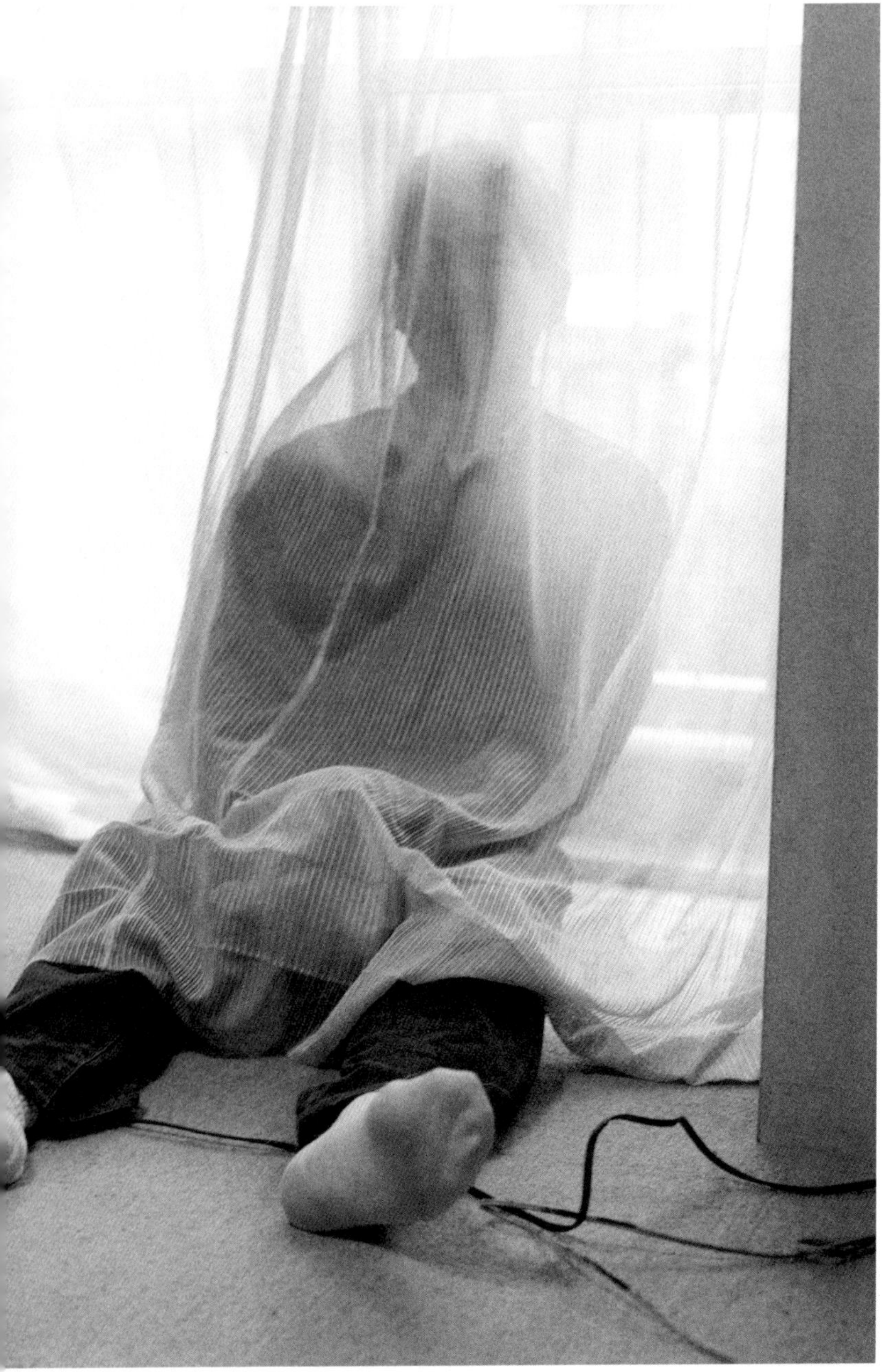

になるが、でも、それは言葉上の区別でしかなくて、実際にそのふたつを分けて考えるなんて自分にはできないことだった。

意志と能力という区別は観念的な操作に過ぎない。私にはそうとしか思えなかった。現実というのは、そういう観念的な操作とはまた別の次元としてただそこにあった。

父に欠如しているのは意志なのか、あるいは能力なのか。誰か第三者のために、そういう判断を絶対に下さないといけないのであれば、私もどちらかを選択することはできたと思う。ただ、私は第三者から判断を迫られているわけではなかった。ある不可解な現実に直面すると、問いというものがどうしても生まれてくるが、その問いに答えを出す必要があるのかどうか、あるいはそもそも問いに答えが出るかどうかはまた別の問題なのだった。

私は父に対して、「お前が自分で引き起こしたことなんだから、自分でなんとかしろ」と言うべきなのか、そんなこと言ったってしょうがないのか、どちらのほうが父のためになるのかよくわからなかったし、そもそも自分がどうしたいのかもよくわからなかった。だから、私は責任という「客観的」で「普遍的」な尺度を持ち出すことで、父との関わりにおける拠り所を見いだそうとしていたのだと思う。

私は父がこのまま路上生活者になってしまうのは忍びないとは思っていた。また、感情的に望まないというだけではなくて、現実的、実務的にもいろいろと面倒なこともあるだろうと思い、それは避けたいとも思った。ただ、私のなかには、このまま放っておいて父の行く末を見届けたいという思いも同時に存在していた。私は、自分のなかにある「最後まで見届けたい」という危うい欲望を正当化したいがために、父の責任という問題について考えていた。それがすべてではなかったと思うが、そういう部分はたしかにあった。

私は父の責任を追及したい、いわば父を責めたいがために「父は自分のことを見ないようにしているだけだ」と考えていたが、同時に、そうしたくなる父の気持ちもわかるという共感もあった。

いろんなことが面倒くさくなって、そこから逃げだしたくなるなんて誰もが一度は思うことだろう。ただ、それを実際にやるかやらないかのちがいがあるだけで、そのちがいもその人の性質にすべてが還元されるわけではなくて、置かれている状況やタイミング等々によって影響されるものでしかない。私は父を何か逸脱したもの、改善されるべきものだとは考えたくなかった。

またさらに言うと、私は、自分のことを徹底して見ないようにすることができる父に対して畏怖の念のようなものを抱いていたし、そんな父をおもしろがって見ているところもあった。すでに述べたように、私は父の行く末を「最後」まで見届けたいと思っていたりもしたが、それは私の性質によるところが大きいし、私が父の写真を撮って作品にしようとしていたこともかなり大きく影響していると思うが、一方で、父という人間自体にもそう思わせるようなところが、つまりおもしろがって観察しても大丈夫なんじゃないかと思わせるところがあった。

なにせ父本人が自分の問題を直視しようとしていないので、良くも悪くも過度に落ち込んだり、呪詛の言葉を吐くことがない。だから、一緒にいてもどこか他人事のように関わることができた。もちろん、父に対して呆れたり苛立ったり、何か虚無と関わっているような気持ちになって、また別の種類の落ち込みを経験することはあったのだが、「でも、これは自分の問題ではなくてあの人の問題だ」と思うことができた。父には、「別にこの人のことを見捨ててしまってもいいんだ」と思わせてくれるところがあった。

一一月のあいだ、父がどうするのか様子を見ていたが、いつまで経っても父は自分から動き出そうとはしなかった。私のほうがしびれを切らしてしまい、とりあえず父と一緒にハローワークに行くことにした。が、当日になって急に「用事ができたのでやっぱり明日にしよう」と言われたり、父の携帯の電源が入っていなくて連絡がつかなかったりして、ハローワークに一緒に行くというそれだけのことがなかなか実現しなかった。

最初の約束の日から四日後、やっとハローワークに向かうための駅で待ち合わせることができたのだが、その日の父はこれまでとちがい、私と落ち合うなり、途切れ途切れになりながらゆっくりとではあるが、自分の話を始めた。

「実はハローワークにはあれから一度も行っていない」

「日雇いの仕事に登録して一度だけ行ったと言っていたが、それも本当は行っていない」

「これからどうしたらいいのか、わからない」

「いろいろとやらないといけないとは思うが、しかし気力がないというかめんどくさい」

「もう遅いかもしれないという気持ちがある」

さすがに父も自分の現状に対して参ってきているようだった。そして、それを私に伝えようとしてきた。こんなことは初めてだった。これ以上様子を見ていても、父が自ら動き出すことはなく、むしろ状況が悪くなってさらに動けなくなるだけだろうと思った。

とりあえず私は、「今の父は仕事を探せる状態にはない、自分の問題に向き合える状態にないのだ」という判断を下すことにした。父が主体的に自分自身についての決定を下すことをあきらめ、私がとりあえず今後どうするのかを決めることにした。もしさらにこのまま放っておいたら、父は一体どうなっていくのか、それを最後まで見届けたいという思いもあったが、手遅れになる前になんらかの手を打っておかないと、後悔することになるという不安が上回った。

この日はそのあとハローワークに一緒に行ったが、父がちゃんと続けられそうな仕事は見つからなかった。工事現場の監視員の仕事にとりあえず応募だけはしておこうということに

なり、履歴書を書こうとしたのだが、父は自分の職歴を把握できておらず、適当に書くしかなかった。今の父の状態で工事現場の仕事なんかやっても絶対に続かないだろうと思った。

一二月に入ってからは自己破産の手続きの準備に入った。弁護士事務所に相談に行ったり、消費者金融に照会をしたり、自己破産のための書類を集めたりした。喫緊の課題は当面の生活費と住むところの確保だったが、運よくというかなんというか、職場には多大な迷惑をかけたにもかかわらず会社都合での退職扱いにしてもらえたので(職場の人は父に対して悪い印象はもっていないようだった)、失業保険の手続きをすれば八か月間は失業手当がもらえることになっていた。また、自己破産の申請をしてその手続きが完了するまでのあいだは、借金やローンの返済はしなくてよくなり、今の団地に住み続けることが可能だということがわかった。

とりあえず八月までは自己破産の手続きが完了するのをひきのばしてもらって、今の部屋に居座ったまま、失業保険のお金で質素に生活をして、新しく部屋を借りるためのお金を貯める、そのあいだに心療内科に通って、心身を整え、状態を立て直そうということになった。父が一向に動こうとしないのは、「病的」な状態にあるからであり、借金もなくなり未来への見通しもたったなかでゆっくりとからだと心を休めたら、「病的」な状態から回復し、また仕事をする気にもなるだろう。とりあえずそういうふうに考えることにした。というか、このままでは父は家もお金もなくなって生活できなくなるという現実が目の前に迫ってきていたので、とりあえずそうする以外になかった。

ハーマン・メルヴィルが書いた『バートルビー』という小説がある。この小説を読んだとき、ここに書かれているのは父のことであり自分のことだと思った。簡単にまとめると次のような話になる。

ニューヨークに事務所をかまえる法律家が、バートルビーという名前の青年を筆生として雇うが、あるときから急に、バートルビーに事務書類の書き写しの仕事をたのんでも、「それはしないほうがいいのですが（I would prefer not to～）」と言って仕事をしないようになり、それは仕事だけでなくあらゆることに対してそういう態度をとるようになり、仕事はしないにもかかわらず法律家の事務所から出て行くことも「しないほうがいい」と言ってそこに居続けるようになる。その後、いくつかの出来事を経たあと、バートルビーは食べることすらも「しないほうがいい」と言って、死に至る。

小説は、バートルビーという不可解な他者と関わる経験が、法律家である「私」によって語られていくという一人称の形式になっている。私はこの小説の語り手である法律家に強い共感を覚えた。自分はこの人と同じような経験をしたと思った。こういう状況に置かれると、人は誰かに自分の経験を語りたくてしょうがなくなるのだ。私は、法律家がこうやって文章を書かざるをえなくなった気持ちがよくわかると思った。実際には、この文章は小説で、これを本当に書いているのは法律家ではなくてメルヴィルなのだが。

自分のことを見ないようにして、自分のことを聞かれてもわからないと答えることと、「しないほうがいいのですが」と答えること。私はこの両者には何か通じ合うものがあるような気がした。こちらからの呼びかけに応答しない、はっきりとした否定も肯定もしない、でもそこにたしかに存在している。身近にいる人間は混乱し、困惑し、ときには怒ったり悲しんだりしながら、その人間のことを考えることを余儀なくされる。ただ、そういうとらえがたい人間と関わることは心身ともに疲弊することではあるのだが、それだけではない。そこには他人のわからなさの深淵にふれる楽しさ、よろこびのようなものがある。なんだかよくわからない他人を前にして、自分自身が揺るがされるのだが、だからこそ何かを語りたいという欲求が生じてくる。実際、語ること自体にもおもしろさがある。

私は法律家がバートルビーについて語る、その語り方にも共感をした。バートルビーに解釈を与えるようなことはせず、経験したことを具体的に記述することに留まる。病名を与えるようなことも、過剰な意味を与えることもしない。

ただ、『バートルビー』を読んだ文学研究者のなかには、法律家に対して、バートルビーに対する振る舞いが正義に適っていないと言ったり、その語りは欺瞞に満ちていると言ったりして、非難する人もいるようだった。そういう文章をいくつか読んだ。私には、何で法律家にそんなことを言いたくなるのか、そんなことを言えてしまうのか、よくわからない。

ある研究者は、「バートルビーは、法律家が真の法律家ではないアメリカの現実、そして、そんなふうに法律家を変えてしまう近代資本主義に対して、食べることを拒否までして、法とは何か、真の正義や倫理とは何かを訴えたかったと推測できる」というようなことを言っている。おもしろい読みなのかもしれない。でも、バートルビーが何を欲していたのかなんてことを、他人である私たちが勝手に言ってしまっていいのだろうかと私は思ってしまう。

また、バートルビーを「書けなくなった人」というふうに読み取り、文章が書けなくなることを「バートルビー症候群」と呼び、あるときから文章が書けなくなった作家たちのこと（フランツ・カフカ、ローベルト・ヴァルザー、J・D・サリンジャー等）を「バートルビーの仲間たち」と呼ぶ作家もいる。私には、バートルビーの名前がそんなふうに使われることが、腑に落ちない。作家のような人が書けなくなること、語れなくなることと、バートルビーのような人がそもそも語ることから撤退していることは、かなりちがうことなのではないか。これらのことはきれいに線引きできることではないと思うが、私にはそのちがいが重要なのだと思う。

私は、法律家がバートルビーについて語ったように、自分も父について語りたいと思ったし、父のことをバートルビーのような興味深い謎を与えてくれる魅力的な存在として語りたいと思った。『バートルビー』を読むことで、自分のなかにあるそういう欲望が顕在化したのだと思う。ただ、それは同時に、そんなことはやれないし、やりたくないと思うことでもあった。

文学上の存在であるバートルビーは、「しないほうがいいのですが」と言い続けることによって、死ぬところまでいってしまうが、父の場合はよくも悪くもそんなことにはならない。父は自分のことを見ないようにしているのかもしれないが、空腹を感じている自分の体を無視することはできないのであり、いろんなことがもっと中途半端なところで宙ぶらりんになる。

父のことを語ろうとすると、「あの人は自分のことを見ないようにしているんです」と言ってしまいたくなるのだが、でも実際にそうやって口にしてみると、それだけではない父のいろんな側面が思い浮かんできて、他にもいろいろと言い足したくなる。「自分のことを見ないようにしている」の一言で終わらせることに抵抗を感じてしまう。それは、父のことが他の人に誤解されてほしくないという気持ちもないわけではないが、自分が経験したことのおもしろさをちゃんと伝えたいという欲求から来ている部分が大きいと思う。

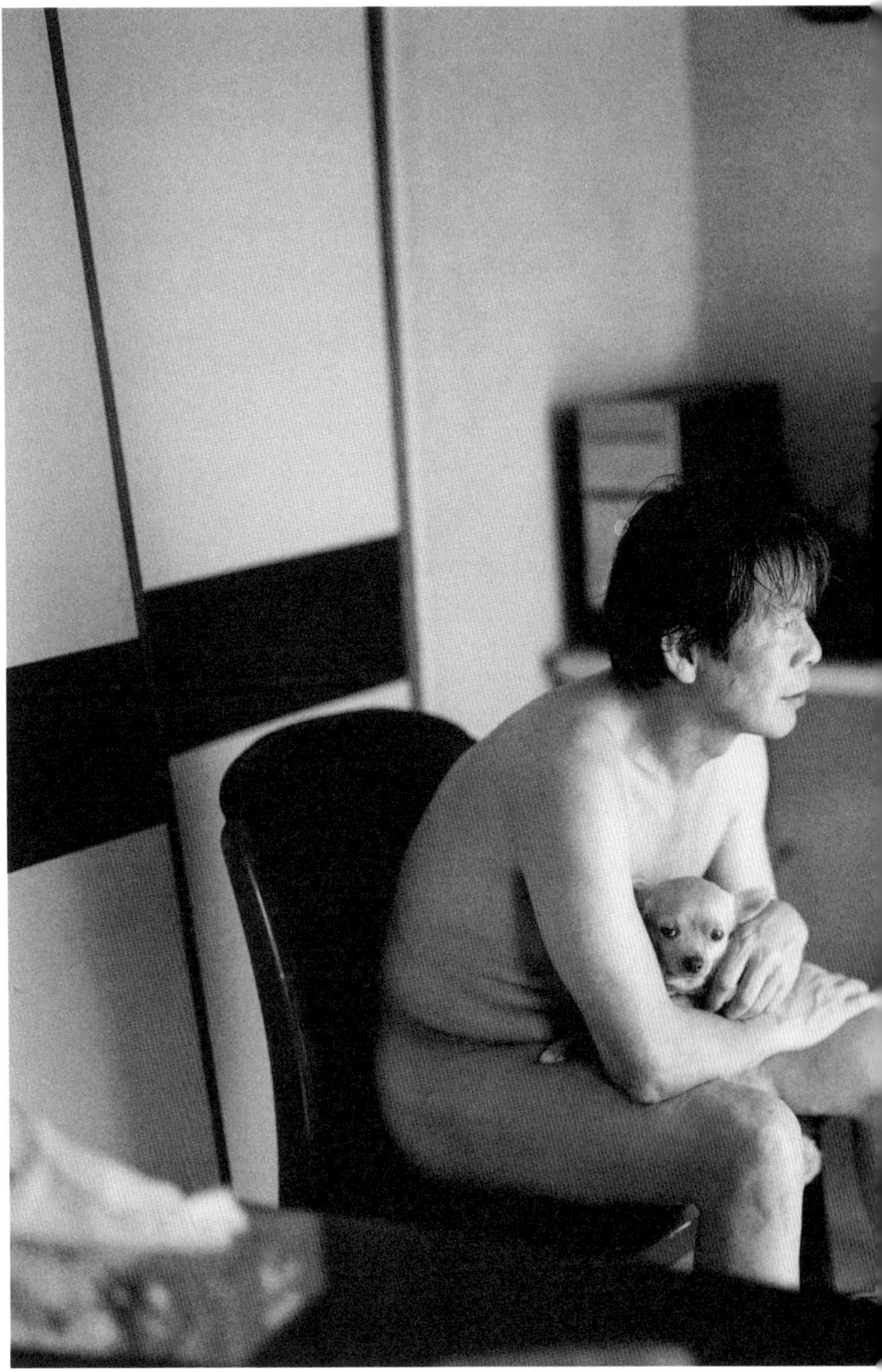

5

父と関わり始めた一一月、一二月のあいだは、父とのやりとりや会話を記録するためにビデオの撮影をしていた。撮影といっても、部屋の隅っこに三脚を立てて、そのまま何も操作せずにただ撮りっぱなしにしておく、というかたちが多かった。この映像が何に使えるのかはよくわからなかったが、とりあえず記録しておきたかった。ビデオで撮影できないときには、録音機をまわしておくこともあった。

日記もつけるようになった。日記をつけようと思いたったのは、父と関わっていると、父のためにお金を使ったり、お金を貸したりすることがままあったので、それを記録しておくという実際的な必要がまずあり、それに加えて、父とのとらえどころのないやりとりを書き残しておきたいという衝動のようなものがあったからだった。ビデオや録音機はつねに回せるわけではないので、記録できなかったことを忘れないうちに日記につけておく必要があったし、また、映像や音声が録音できていた場合でも、自分のそのとき思ったことや、印象に残ったことを言葉として書きつけておきたかった。

こんなふうに日記をつけておくことへの衝動を感じたのはこのときが初めてだった。中学生や高校生、あるいは大学生のときに、自分にまつわるどうにもならない消化不良を日記として書きつけていたことはあったが、それとはまたちがうものだった。私は自分が経験していることを誰かに話したくてたまらなくなっていた。日記を書くことは、あとで誰かに話すための備忘録であると同時に、そうやって書くこと自体が誰かに向けて話すことでもあったのだと思う。

一方、写真での撮影は少し勝手がちがっていた。

映像や音声は「記録」として意味があるものであり、あとで振り返るための資料として、父にとっても私にとっても後々役立つものになりうると思えた。それに対して、写真を撮ることは「記録を残す」ことだとは思えなかった。写真というものは、私にとっては作品として使用することはできるが、それ以外には何の用途もないものであり、さらに言うと、父にとってはほとんど何の意味ももたないもののように思えた。それは写真が動きをとめてしまうもの、持続している時間を切断させるものだからということが大きかった。写真ももちろん何らかの記録であることはまちがいないのだが、それだけでなく、あるいはそれ以上に、静止したイメージに変えてしまう、変換してしまうという実感が強かった。

だからだろうか。写真を撮ることは父と関わるうえでは必要のない余計なことであり、やらなくてもいいことをわざわざやっているという感覚があった。それは、写真を撮るために、普段の生活をいったん中断し、撮影のための時間を設けたうえでポーズを取ってもらって撮影する場合にはわかりやすくそう感じたし、あるいはわざわざいったん止めてポーズを取らない場合、何かをしている父（それは具体的に何かをしている、たとえばご飯を食べたり、歩いたりしているときだけでなく、何もしていないと言われるようなただテレビを見ていたり、寝ていたりしているときも含む）にカメラを向けてシャッターを切る場合でもそう感じた。

いや、実際のところは、映像や音声を記録することも、わざわざやらなくてもいいことにはちがいなかったし、そう感じないわけではなかった。ただ、録画や録音はいったんRECボタンを押してしまえば、あとはそのまま普段と変わらずにやりとりすることができたので、余計なことをわざわざやっているとあまり思わずにすんだ。

最初、私が父に「あなたの写真を撮りたいと思っている」と伝えたときは、父が拒絶しないか、恐る恐る、おっかなびっくりだった。明日食べるものを買うお金すらもっていないときに、自分の写真を撮られたい人なんていないだろうと思っていた。写真を撮りたいと言われて父が何を思うのか、私にはよくわからなかった。

「なぜ、私はあなたの写真を撮りたいのか」私は父に説明する言葉をもっていなかった。「自分は写真を撮っているので、あなたの写真を撮りたい」という同語反復的な、説明になっていない説明しかできなかった（では、今は父に対して説明できるのかというと、そういうわけでもない。そもそも「なぜ撮るのか」ということを問題にしていたのは私だけで、父はそんなことをはじめから問題にしていなかったのだと思う）。

「あとで見返すためにも、記録をとっておいたほうがいいと思う」みたいなことを、そのときの私はとりあえず口にした。

父の反応はとくになかった。

「なんでそんなことをするのか」「お前の本当の目的は何か」等々、私の真意みたいなものを問いただすこともなく、父はただ「わかった」とうなずくだけで、いいとも嫌だとも言わなかった。もしかしたらそれは、いきなり「写真を撮らせてほしい」と言われても、それがどういうことなのかよくわからなくて反応しようがなかっただけかもしれないが。

父は写真を撮られることに対してはとても協力的で、いつも快く応じてくれた。私が頼むと、父はカメラの前で裸になることもわりとすんなりと受け入れた。私が父の裸を見るなんていつ以来かよくわからなかった。私は別に父の裸が見たかったわけではなかった。作品に何か異質なものをもちこむことが狙いだったとは思うが、父が私の要望にどこまで応えてくれるのかを見たかったというか、父の私に対する思いというか態度を試すようなニュアンスがないわけではなかった。父はあまりにあっさり服を脱いだので、むしろ父の無頓着さ、私との関係における自意識の薄さみたいなものを感じた。

父を撮り始めたころ、父が自死しようとしている場面をセットアップして撮るということもやった。そのときも父は怒ることもなく、かと言って悲しむこともなく、普段と変わらぬ様子で撮影につき合ってくれた。

私がそんなことをやろうと思ったのは、父の自死の場面を繰り返し撮ることで、父の死という大きな「意味」が写真に付与され、「作品」として成立するのではないかという漠然とした期待を抱いていたからだった。逆に言うと、父を撮り始めたころは、そういう「意味」を付与するような何か特別なことをしなければ、自分の父親を撮った写真なんかが「作品」として成立しないような気がしていた。

ただ、こういう思いつきはやっぱり思いつきでしかなかった。「絶対にこういうものが撮りたい」という明確なヴィジョンを私はもっていなかった。撮影のためのロケーションを探したり、必要な小物を用意する段階で、私はすでにやる気をなくし、面倒くさくなっていた。

とりあえず首吊りの場面を撮ってみようと思い、ホームセンターに縄を買いに行ったが、首吊りで使われそうなしっかりした縄は思いのほかいい値段がしたので、安価なビニール製の縄をつい買ってしまった。父の部屋で首吊りができるように縄をしつらえようとしたが、縄を結びつけることができる場所を見つけられなかった。首吊りを実行するにも、下調べや下準備が必要なのだと私は思い知らされた。私はしっかりと縄をしつらえるのがめんどうだったので、縄を天井にテープで貼りつけたり、同行していた兄に縄を持ってもらったりして、そういう見せてはいけない部分は画面から切って撮影することにした（兄には私のやっているることは不可解だったにちがいない。それでも私に付き合ってくれた兄には感謝している）。

実際に撮影はやってみたものの、父にわざわざ自死の場面を演じてもらうなんて、ものすごく余計でわざとらしいことをしているような気がして、そういう演出をしたうえでの撮影はそれ一回きりにした。余計なものをつけ加えずに、目の前にいる父その人のありようをできるだけそのままイメージにしたほうがおもしろいと思った。

とは言え、まったく何の手も加えずに、父がカメラのことを意識しないようにスナップショットのようにさっと撮っていたわけではなくて、父を撮るときは基本的に、これから撮影することを言葉で伝え、父にカメラの前でポーズを取ってもらったうえで撮影した。

撮影を始めたころは、「こんな状況に陥っている自分の姿を写真に撮られるなんて決していい気はしないだろう」という気後れが、私のほうにあった。だが、撮影を続けていくうちにそんなことは思わなくなっていった。カメラを向けられても、父は嫌がったり何かを思ったりしているようには見えなかった。「こんな状態の自分を撮られたくない」どうこう以前に、そもそも父は撮られている自分というものを意識していないようだった。いや、もちろん撮られることをまったく意識していないわけではないのだが、「撮られている自分」みたいな

ものに意識が向かってしまって、自意識過剰になるということがなかった。ないように見えた。父にとって写真を撮られることは、ただカメラの前にいればいいだけのことだったのかもしれない。こんなふうに言ってしまうのは、撮る側の勝手な思い込みだろうか。でも、そう言いたくなるぐらい、父は撮られるということに抵抗を示さず、撮影の場に自分の身を任せているように見えた。私から立ち位置やポーズについて何か指示を受けても、父は顔や体が硬くなってしまうことはなく言われるがままでいた。

どうしてそんなことができるのか、私には不思議だったし、今でもよくわからない。父は「自分を捨てる」みたいなことをひとつの思想として意識的に実践しているわけではなかったし、何か病的なものが原因で自分のことがもはやまったく考えられないというわけでもなかった。父の髪の毛や髭が伸び放題になっていたり、ずっと風呂に入らず汚い格好をしているなんてことは一度もなかった。父のなかにあるのは何か極端なものではなく、もっと平板なものであり、だからこそ余計にとらえどころのないものだと私は思っている。

父の写真を撮っているとき、自分が何をやっているのかよくわからなくなることがよくあった。料理を作っているようなときとはちがって、目的がはっきりとしなかった。父の写真を撮る目的はおそらく「作品を作る」ということなのだが、作品を作るということがそもそもどういうことなのかがよくわからないところがあった。

写真を撮るために、外に散歩に出たときのこと。家の近所に川があるので、父に川辺に立ったり座ったりしてもらって数枚写真を撮った。夕暮れ時だったので、なんとなく黄昏れた感じの写真になりそうだった。写真を撮るにはいいタイミングのような気がしたが、実際に撮っていると、「こんな中年の男が川辺で立ったり座ったりしている写真を撮ることに一体何の意味があるんだ」「この人とこの川とのあいだに一体何のつながりがあるんだ」という声が自分のなかから聞こえてきた。

今から振り返って、父と私との個人的な関係において、父の写真を撮るということが一体何だったのかを考えてみると、それは同語反復的な説明にどうしてもなってしまうのだが、「父をイメージに変換する」ことであり、「父という人をイメージになるものとして眺め、関わる。そういう関係性が父とのあいだに生じる」ということだった。そして、それはさらに言うと、「父をイメージに変換したもの」、つまり「父の写真」とのあいだに関係性が生じるということでもあった。それらを全部ひっくるめて、「父の写真を撮ることによって、イメージの領域での父との関わりが生じるようになった」という言い方もできると思う。

すでに述べたが、私は父の写真を撮り始めてしばらくのあいだは、写真を撮ることは父と関わるうえで余計なことのような気がしていた。しなくてもいいことをあえてしている、そんな感じがあった。自分がそんなふうに感じていたのは、父の写真を撮ることはイメージを介して父と関わることであり、そこには目の前にいる生身の肉体をもった父をどこかでないがしろにしてるような感覚が伴ったからだった。イメージを介して関わるなんてことはそれまでの父との関係においてはなかったことなので、慣れないことであり、どのように理解すればいいのかよくわからなかったのだと思う。

私は父に向かって「これからどうするのか」「何が原因でこうなったのか」等々の問いかけをさんざんおこなっていた。それはつまり、私は父という人間について何らかの理解を得ようとしてそうしていたわけだが、それは言い換えると父に対して「この人はこういう人だ」という判断を下そうとすることでもあった。私は判断を下すために問いかけをしていた。ただ、いくら父に問いかけても答えは返ってこないので、問いかけることは判断の欲望を落ち着かせる方向には向かわずに、むしろさらなる問いかけや判断の欲望を煽ることになった。

一方、父の写真を撮ることは、問いかけるというやりとりとはかなり趣向がちがった。写真を撮る場において問題になるのは、父がどういうイメージになるかということ、つまり父の見え方、イメージとしてのあらわれ方が問題なのであって、父が何を考えているのか、いわば父の内面のようなものをわざわざ問いかけることにはならなかった。その必要がなかった。

私にとって父の写真を撮ることは、言葉によるやりとりを休止させるもの、問いかけをストップさせるものとして機能した。写真という場においては、私は問いを投げかけるようなことはせずに、距離をとったままに、父を眺めることができた。

写真を撮るときには父と物理的に同じ空間を共有するわけであり、実際に対面するということが必ず起こるわけだが、心理的にはむしろ父から距離をとれるのだった。写真を撮ることによって、ちゃんと関わらなくてすむというか、とりあえず会って写真を撮るだけでいいという別の関わり方ができるようになった。

写真を撮るには対象とのあいだに必ず距離が必要なわけであり、写真を撮ることは対象との関わりや接触よりもむしろその距離こそが問題となる。父の写真を撮ることは、父を撮ることであると同時に、その距離を撮ることでもあった。


父の写真を撮ろうとすると、父のことをファインダーごしにも、肉眼でもよく見ようとすることになるのだが、それは父という人間についての関心に支えられているというよりも、むしろイメージ化することへの関心に支えられていた。そして、イメージ化への関心が高まることは、父その人への関心はむしろ薄くなっていくことにつながっていった。写真を介在させることにより、いちいち問いかけたりせずに、ただ見続けることが可能となった。それはいわば、判断を下さずに見るということ、見ることに留まることでもあった。

問いかけているとき、つまり父に何らかの判断を下そうとしているときにも父のことを見てはいるのだが、それは観察とも言えるような見方であって、見ることによって何らかの意

味を引き出そうとしていた。見ることは、何か意味や答えを引き出すための下準備のようなものであり、見ることは手段であって目的ではなかった。

では、写真の場合は見ることが目的になるかというとそういうわけでもなかったりする。写真の目的ということをあえて言うのであれば、見ることよりもむしろイメージに変えてしまうことであって、見ることはそれに付随することのような気がする。

写真を撮る上では私は父に対して実際に何らかの判断を下す必要はなくて、何も答えが出ていなくてもどこかのタイミングでとりあえずシャッターを切ればそれで事足りる。父にカメラを向けてシャッターを切れば、私が父に対して何らかの判断を下していようがいまいがそんなことはおかまいなしに写真というのは勝手に撮れてしまい、父の写真は出来上がってくる。

もちろん写真を撮るときにも、「ここでシャッターを切る」という判断を、つまり、「今、目にしているものをイメージにしよう」という判断を下してはいるのだが、それは言葉によって導き出そうとする判断とはかなり質がちがうものだ。何も考えなくても、何も決定しなくても、シャッターを切ることはできる。すでに撮るべき写真が完全に頭のなかにあり、それを具現化するために完全にセットアップして撮影するという場合であれば、また話はちがうのかもしれないが、基本的にシャッターというのは「とりあえず」切られるものだと思う。

少なくとも私が父を撮るときは、いつだってシャッターを切るのはとりあえずでしかなかった。とりあえずでいいのでシャッターを切ってしまえば、父のイメージは出来上がる。

極端なことを言うと、別に父のことをよく見ていなくても、父の写真を撮ることはできる。見ることと撮ることは実はまったく別のことなのだろう。撮ることは見ることなしに成立する。父のことをよく見なくてすむように、父の写真を撮っていたと言うこともできるだろう。シャッターを切るというのは、見ることをそこでとりあえずいったんやめることでもある。その場で見ることをいったんやめて、あとでイメージとして見るために写真に撮る。そんな言い方もできる。

写真を撮っていると、父が何を考えていようが、何も考えていまいが、あまり問題ではなくなっていった。それはある意味では、父という人間に対しては無関心になっていくことでもあった。写真さえ撮れればもうどうでもいいような心持ちになっていた。

対象よりも写真を撮ることのほうを優先するようになってしまうということは、写真を撮っていると起こりがちなことであり、これまでにもいろんな人がその危うさを指摘している。私自身も、現実よりもイメージを、父よりも写真を優先している自分は倫理的に問題があるのではないかという不安を感じることがままあった（あるいは、それは誰かに糾弾されることへの不安であって、イメージを優先すること自体に不安を感じていたのではないのかもしれないが)。

でも、今となっては、この不安は、現実とイメージを二項対立で考えているがゆえに生じるものであり、実は真っ当なものではないような気がしている。現実のほうが写真よりももっと大きいというか、現実というのは実在物もイメージもすべてもろもろ含んだものであって、二項対立でとらえるべきものではないのではないか。ただ、そんなふうに頭では考えていても、実在物とイメージを二項対立でとらえる考え方は体に染みついているので、不安を完全に拭い去ることは全然簡単にはできないのだが。


父の写真を撮っていくうちに、「この人はどういう人なのか」という判断を下すことへの欲望は薄れていくのだが、その代わりと言っていいのかどうかはわからないが、父の「写真」に対していいとか悪いとかの判断を下すようになっていった。

私が「いい」と判断した写真というのは、実際に父を肉眼で見ているときとはちがった印象を与えてくれる写真、生身の父とは異なるあらわれかたをしているような写真だった。ただ、父を撮り始めたときから、そういう写真を撮りたいと考えていたわけではなくて、とりあえず撮影をし、出来上がった写真を見ていくなかで、自分が撮りたい写真がそういうものだということがなんとなく見えてきた。

私ははじめは自分が父の何をどんなふうに撮りたいのかよくわからなかったので、35mm

フィルムのカメラと、中判カメラの両方で撮影してみることにした。写真において、どういうイメージにするかという判断は、シャッターを切る前、つまり、どういう機材を使うかという判断に負うところが大きい。機材を変えれば、撮れるイメージは全然変わってくる。写真の撮り方がまずそもそも機材に大きく左右される。

35mmフィルムで撮影するときには、CANONのeos5というカメラにオートフォーカスのズームレンズをつけていたので、ピントもシャッタースピードも露出もすべてオートとなり、シャッターを切るまでの負荷が中判カメラに比べて少ない。一方、中判カメラはペンタックス67Ⅱという中判カメラのなかでも大きくて重いカメラを使っていた。こちらはピントとシャッタースピードはマニュアルで操作する必要があり、フィルムは二〇枚撮りと一〇枚撮りの二種類で、フィルム一本の値段も35mmと比べて高いので、一枚シャッターを切るまでの負荷が35mmに比べてずっと大きい。また、フィルムのサイズ自体が24×36mm、55×70mmと全然ちがうので、ペンタックス67Ⅱで撮った写真のほうが、解像度も圧倒的に高くなる。

しばらく撮っていくうちに、自分には中判カメラで撮った写真のほうが、父を撮る場合にはしっくりと来るということがわかった。中判カメラで撮ったほうが、それまで私が父に対して感じていたのとは「ちがう」印象を与えてくれる写真になるように感じて、そこがよかった。それでこそ父の写真を撮る意味があると思った。

ただ、「ちがう」と言っても、まったく別の何かになるということではなくて、もろもろのことが捨象されてある部分だけが残されたような印象だった。だから本当は、「普段感じているうちの何かが抽出されたような写真」と言ったほうが適切なのかもしれないが、自分の実感としては、中判カメラで撮った写真にあらわれる父は生身の父とは「ちがう」という印象が強かった。

35mmで撮ったほうが、普段見ている父、生身の父の印象に近いものだった。そこに私は写真における他人の顔の印象についての不思議なねじれがあるような気がした。35mmで撮った写真のほうが、動きのなかのある「瞬間」の表情を、いわば写真でしかじっくりと見ることができない表情をとらえることに成功していた。ただ、肉眼で見ているときの印象、実際に対面しているときの印象に近いのはむしろ35mmのほうだった。なんだか妙に生々しい印象を与えるものになっていて、ある意味では35mmのほうが生身の父のことをそのままとらえていると言えた。ただ、その生々しさは私にはしっくり来ないというか、作品として提示したいものではなかった。35mmの写真は、私を含む多くの人が抱いている「問題を抱えている中年男性」のイメージと違和がないものになっているような気がした。どこか貧乏くさい雰囲気が生じてしまうのだった。

中判カメラを使って、父にポーズを取ってもらったうえで撮った高解像度の写真のほうが、生身の父とは異なる印象を与えるものになるというのは、少し不思議な気がした。

ただ、この不思議さは高解像度のほうが現実に近いという考えからくるものであり、これは口にしてみるとまったく当たり前のことだが、写真と現実はまったく別のものなので、写真の解像度が高まることが必ずしも現実に近づくというわけではないのは当然のことだろう。現実の解像度を下げたものとして写真があるわけではない。あと、これはおそらく慣れというかコードの問題もある。私がそれまでに目にしてきた父の写真というのは、ほぼすべて35mmフィルムで撮られているので、そっちのほうが見慣れていてより自然なものだと感じ、中判カメラで撮られた写真のほうが見慣れていなくて奇異に感じるというのはあったと思う。

撮影をはじめた当初は、銀行に行ったりハローワークに行ったり弁護士事務所に行ったりしているところ、つまりある出来事が起こっている場面を撮ろうともしてみた。ただ、そうやって出来事を撮ろうとした写真は、父が置かれている状況を説明するための写真であり、「失踪」「借金」「自己破産」など、他人の関心を引くことができる言葉を補強するための写真になっているように思えた。私はそういうことを写真でやりたいわけではなかった。父を何かそういう視覚的にわかりやすい状況のなかに無理に置くよりも、家のなかや近所にいる父を撮ったほうが、余計なものが写ってこない分ずっといいと思った。

6

一二月末に自己破産の申請手続きが完了し、猶予期間が終わる八月までのあいだ、私は父に問いかけをあまりしなくなっただけでなく、実際に会いに行く回数も少なくなった。

この年の年末年始には京都には帰らず、次に父に会いに行ったのは弁護士との面談があった四月だった。このときの父は一一月、一二月のころと比べてかなりリラックスしているように見えたので、わざわざ面倒な話題を持ち出すのは野暮なような気がした。「失業手当が出る八月までは仕事をせずに休養してお金を貯める。八月に自己破産の手続きが完了したら家を引き払ってアパートに引っ越し、仕事を見つけて働き始める」ということだけを確認した。

どういう仕事をするのか、仕事を始めたとして本当に続けられるのか等々、不安なことはあったが、考えてもよくわからないので考えないようにした。

父に問いかけをして、そのやりとりをビデオで撮影することはもうしなかったが、父の顔を長回しで撮るということはやってみた。その少し前に恵比寿映像祭でアンディ・ウォーホルの「スクリーンテスト」を観たことの影響もあり、父がカメラに向かってずっと何かを話しているが、その言葉は聞こえないという映像を作ってみようと思ったのだった。

私は父には「何でもいいからできる限り長く話してほしい。何でもいいと言われても困るなら自己紹介でも何でもいいので話し続けてほしい」と言った。私の意図は、父に自己紹介をさせるというところにあったわけではなく、父がとりあえず口を動かしているところを撮りたかっただけだった。父は次のような自己紹介をした。

「自己紹介、昭和二七年、一九五二年七月二六日生まれ。おうし座、ではなくて、えーっと何座やったっけ。しし座です。小さいときからスポーツが好きで、中学校で陸上部、高専ではサッカー部とラグビー部とハンドボール部でやってました。えーっと、これ以上何か言うことがあるか考えると、なかなか考えられないのでどうすればいいのか今考えているところです。ところで今日はいい天気だったので桜もきれいで、四日の花見も楽しみにしているのですが、たぶん雨で残念になると思うので、それはそれで仕方がないかなあと考えているところです。今年はけっこう早めにあったかくなったのだけれど、急に最近寒くなって、夜もけっこう冷えるので、昼間は半袖でもいけるけど、夜は長袖が必要になる感じで、けっこう体調を維持するのがむずかしい季節なので、最近脳卒中で倒れたという人がまた二人ほどいてたという話を聞いておるんで、これからだんだん年になっていくに従って、体調だけは十分気をつけないといけないと思っておるところです。えー、ところが今日はこの天気なので、明日もこの天気やったらいいんですが、明日は曇りのようなので、どうしようかな、洗濯物もどうしようかと考えておるところです。これ以上何か言うことがあるでしょうか。もうこれで時間がいっぱいにつまっていたら嬉しいのですが、まだ時間を延ばさないといけないとなると非常にむずかしいところであって、何かを喋れと言われるのが、本当に一番むずかしい。喋るのがあんまり好きではないほうやから、こんな喋り方は初めてです」

このとき、私は父のこの自己紹介の内容のなさ、高専のスポーツの話のあとにすぐに現在に飛んでしまうところに驚き、ある種の感動のようなものを覚えた。父という人間の空虚さがあらわれていると思った。日記にもそう書いた。

ただ、今となっては、この自己紹介からそういう答えを導くのはフェアではなかったと思う。カメラに向かって自己紹介をしろと言われたら、こんな感じになってしまうことは全然変なことではないだろう。これは今だからこそ言えることだと思うが、このときの私は、自己紹介をしろと言われたときに仕方なしに出てきた語り、目の前の人が今まさに感じていることについての他愛もない語りに、その人が父であるどうこう抜きにして、感動したのだと思う。

父のいきつけのスナックのお花見があったので、父と一緒に私も参加させてもらった。当日はあいにくの雨になり、そのスナックの店内で昼間から飲むことになった。

スナックはカウンターだけの細長い店で、来ている人はほとんどが父よりも年配で、父が一番若くて見栄えがいいような気がした。スナックのママに挨拶をすると、ママはまず一言目に、「私、あなたのお父さんとセックスしてるの」と言った。ママはすでにけっこう酔っ払っていて、酒の席を盛り上げるためのママなりのユーモアだったのだと思うが、私はかなり面喰い、気分が少し悪くなった。それはママの発言だけが原因だったわけではなくて、スナック全体の雰囲気だったり、父の服に染みついていた犬の臭いなどが相まって、気分が悪くなったのだと思う。今となっては、なかなか愉快な出来事だとも思えるのだが、やっぱり当時はまだ私は父に対して嫌悪感のようなものを感じていたのだろう。あとは、性に対する感覚も今とはけっこうちがっていたのだと思う。

飲み会の途中、民主党の泉健太がスナックに顔を出しに来て、一言挨拶をしてすぐに帰ったのがとても印象に残っている。政治家の地元まわりとはこれかと思い、こうやって話をすることで投票する気になる人たちがいるというのがなんとなくわかった気がした。

その数日後の四月九日に、私は父に日付が入る35mmフィルムのコンパクトカメラを渡して、毎日自撮りをするように依頼をした。

何かはっきりとした意図があったわけではなかったが、父が写真を撮られることをまったく嫌がらないので、いっそのこと自分で撮ってもらおうと思ったのだった。私が自分で父を撮ることへのモチベーションが下がっていたというのもあったと思う。以下、このとき渡した指示書の文面。

次の二種類の写真を一日一枚撮ることをお願いします。

1　自分の顔。

2　その日食べたもの、桜の木、ジョナサン、部屋の壁、窓から見える空など、何でもいいので何か一枚。

※忘れる日があっても全然問題ないです。
※しばらく撮らない日が続いても、そこでやめてしまわずに、また撮影を再開してもらえるとありがたいです。
※撮り終えたフィルムはこちらで現像するので置いておいてください。
※フィルムはこちらで用意しますが、万が一なくなりそうになったら教えてください。

お手数おかけしますが、何卒よろしくお願いいたします。

二〇〇九年四月九日　金川晋吾

次に父に会いに行ったのは六月だった。関西で友人の結婚式があったので、そのついでに一日だけ撮影をしにいった。父に何かを問いかけたりはもうしなかった。ビデオはまわさずに、写真の撮影だけをした。父よりも、父が飼っている犬のジョナサンのポートレートを撮ることに力を入れた。このときのことは日記にもつけていない。

そして、次に会いに行ったのは八月一〇日。いよいよこの八月で失業保険が切れ、自己破産の手続きも完了して今住んでいる団地を出ないといけないので、引っ越しと新生活のための資金をこの月までに貯めておく、そういうことになっているはずだった。

九月以降のお金をどうするかの目処は立っていなかった。まあ働くしかないだろうと思っていたが、今の父に適当な仕事が見つかるのか、見つかったとして続くのか、よくわからなかった。生活保護をもらうことも考えにはあったが、そんなことが本当に許されるのか不安があった。

私が父の家に行くと、父は家にいなかった。

電話をしてもつながらないので、「もしや」と思ったが、「まさかそんなことはありえない」ととりあえず思った。ただ、「もしや」という思いは、必ずしも悲壮なものではなくて、どこかでそれを期待している自分もいた。翌日になっても電話がつながらず、家に入ってもや

'09 5 18

GEORGIA
EMERALD MOUNTAIN
'09 9 10

はり父はいなかった。このとき、私は父と連絡がつかないことを「やばい」とは思っているし、「本当にこのまま戻ってこなければどうなるのだろう」という不安も感じているのだが、その一方で、「父が本当にこのまま戻ってこない」ということを考えると、何か明るさというか、軽さというか、広さのようなもの、いわば解放感のようなものも感じた。

それから数日間は、私は「帰って来てくれ」と思うよりも、むしろ「まだ戻ってこないでくれ」という思いのほうが強かった。「いなくなった」とはっきりと言えるぐらいの時間が経つまでは、戻ってこないことを望んでいた。どれぐらい音信不通であれば「いなくなった」と言えるのか、そんな基準は存在しないのだが、一日や二日ぐらいでは「いなくなった」とは言えないような気がした。今はいなくても、この直後に帰ってくる可能性はあるわけで、そうなると「いなくなった」という状態は終わってしまう。「いなくなった」と言える状態が続くことを願っている自分がいた。

他にやることがなかったからというのはあるが、私は父がいなくなった部屋をこれまでにはないぐらい集中して撮った。いなくなった父を心配するという気持ちはないわけではないが、それほどではなかった。むしろこの状況をおもしろがってさえいた。

ただ、数日経っても父が戻ってこないとなると、だんだんと焦りを感じ始めた。私は自己破産や引っ越しの手続きをするために京都に来ていたのだが、父本人がいないと何もすることがなかった。父がいない部屋の撮影も数日で終わってやることがなくなった。時間を浪費させられているという苛立ちが募ってくると同時に、もう戻ってこないのかもしれないという不安が次第に大きくなってきた。いなくなって五日が過ぎたあたりから、「そろそろ戻って来てくれないとやばいんじゃないか」と思うようになった。

父がいなくなって一週間が経とうとするころ、父の家から原付で五分ほどのところにあるガソリンスタンドで父らしき人を見かけた。ただ、私はすぐに声をかけなかった。父と思われる人が今からどうするのか、そのままじっと見入ってしまった。

父と思われる人は原付に乗って移動したので、私も原付で後をつけた。父と思われる人の後ろを原付で走っているとき、私は妙に高揚していた。私がこれまで通ったことのない道を経由して、父と思われる人は父の団地の目の前の道路まで戻ってきた。ここまで来たら今目の前にいる人が父であることはまちがいなかった。が、私はまだ距離を保ったまま、その人を遠くから観察していた。私は、目の前のその人が団地に入っていくのを見届けてから、後を追って声をかけようと思っていた。だが、父と思われる人はなぜか原付からは降りずにそのままどこかに行ってしまった。

私はしばらくは茫然としながらも興奮状態にあった。ただ、少し時間が経つと冷静になってきて、父を確保する絶好の機会を見す見す逃してしまったのだと気がついた。自分は大変な失敗をしたのかもしれないと思った。

その三日後、私は手持ち無沙汰がどうしようもなくなり、何かやることを見つけたかったので、父が通っていたスナック「カサブランカ」に行って話を聞いてみることにした。「カサブランカ」にはそれまで行ったことがあったわけではなかったし、どんなふうに父のことを説明すればいいのかよくわからなかったが、とりあえず自分が何かをやっているという実感が欲しかったので、「カサブランカ」に行ってみることにした。

すると、そこに父はいた。

私は思わず「おった」と大きな声を出してしまった。

こんなことが本当にあるのかと思った。父は謝りはしなかったが、家にはおとなしく戻った。また翌日にはいなくなっているのではないかという不安があったが、翌日も父はいた。

私はもういろいろと父に問いかける気力を失っていた。聞いたって同じだろうと思った。

心配していた自己破産の手続きも滞りなく進んだ。今回の失踪があったことが逆に功を奏したのか、「カサブランカ」で父を発見できた翌日、町役場に相談に行き、父の現状を伝えると、「生活保護を申請してください」と言われた。そして、申請したら生活保護を受給できることになった。父は引っ越し資金を貯めていなかったが、それも生活保護でなんとかなることになった。

私は父についてあれこれ考えるのが本当に馬鹿らしくなり、あとはもう勝手にやってくれという気持ちになった。引っ越しもすべて父にまかせた。というか、父は元々そんなことは全部一人でできる人なのだから、放っておいても何の問題もなかった。

引っ越し当日、団地から荷物を運び出されるところには、私も写真を撮るためにいちおう立ち会ったが、新しい家に荷物が運び込まれるところには立ち会わずに帰ることにした。荷物が運び出されて部屋が空っぽになったところで、自分のなかで何か一区切りついたのだろう。今から思うと新しい部屋に荷物が運び込まれるところの写真も撮っておいたらよかったと思うが、そのときはそんな気にまったくならなかった。

この八月のタイミングで父がまたいなくなったことは、そのときはけっこう驚いたし、さらにその後、「カサブランカ」で父を発見したことにはさらに驚いた。『father』という作品にとっては、父のこのときの失踪があるひとつのクライマックスとして機能していると思う。父がいなくなったことは、『father』という作品にとってはプラスの意味があったと言える。

ただ、この出来事が私と父との個人的な関係にとってはどういう意味があったのかを考えてみると、よくも悪くもたいした意味をもっていないように思える。これらの出来事によって、私の父に対する認識や感情が変わったようには思えない。さすがにあの当時、父がいなくなったとわかったときには、私も父に対して怒りや不信感をまったく抱かなかったわけではなかった。ただ、考えられないことが起こったというふうにはあまり思わず、何か当然起こるべきことが起こったという感じでこの出来事を受けとめていた。

そんなふうに私が思ったのは、そもそも私が勝手に父の人生に介入しているだけなのだから、という気持ちがあったからだろう。父は父、私は私であり、父には失踪する自由がある。そんなことをはっきりと、完全に思い込んでいるわけではないが、何かそういう感覚が私の底のほうにはあった気がする。

7

二〇〇九年九月、父は生活保護を受給することになった。私はそのことに安堵をしたが、同時に、本当に生活保護をもらってしまっていいのだろうかという不安もあった。

この「もらっていいのだろうか」という不安は、漠然とした誰かから「不当だ、不正だ」と非難されるのではないかという不安（これは私が父のことをこうやって書いたり写真に撮ったりしているからこそ生じている不安だと思う）と、生活保護をもらうようになったら父は人としてさらにままならなくなるのではないかという不安が入り混じったものだった。

生活保護を受給するようになってから、父は一日中テレビを見ているような暮らしをするようになった。お金を稼ぐための労働をしなくてよくなった分、家事に注力するというわけではなかった。父は料理ができない人ではなかったが、近所のスーパーで売られている弁当で済ませることがほとんどだった。私には父が毎日「何もしていない」ように思われた。そして、そのことは私を不安にさせた。

実際、最初の数か月間、父は社会的な能力を少しずつ減退させているように見えた。京都市内に一緒に出かける用事があったときのこと。前日に電話で待ち合わせ場所や時間を決めようとしても、たったそれだけのことがすんなりといかなくなっていた。私が電話を切ろうとすると、父は時間や場所を繰り返し確認してきた。父は電車に乗るというそれだけのことに緊張し、心の準備をしているように思えた。誰かに電話をかけるとか、買い物に行くとか、そういう些細なことひとつひとつが、父にとって以前よりも重荷になっているように感じた。

また、生活保護をもらって二、三か月が過ぎたころ、弧を描くように顎を上下させる奇妙な癖が父にあらわれた。誰と話しているわけでもないのに、ずっとぎこちなく頷いているように見えるその姿はひどく不気味だった。ただ、父自身は症状をあまり自覚しておらず、問題だとも感じていないようだった。その認識のずれが、余計に私を不安にさせた。

やっぱり父は仕事したほうがいいんじゃないか、仕事をしようという気概をもつべきなのではないのか。私はそういう考えをなかなか拭い去ることができなかった。働こうと思えば働けるかもしれないのに、働こうとしない、そんなことが許されるのだろうかという不安があった。それは父自身の問題であるだけでなく、父に介入できるのは自分以外にいないこの状況においては、働こうとしない父を許している私自身の問題でもあるような気がした。

父に「働く気はあるのか」と問いかけてみたこともあったが、それは「生きていく気があるのか」と問うことと同じことのような気がして、そんなこと問われても「ない」とは答えられないだろうと思った。実際父も「ない」とは言わなかったし、「ある」とも言わなかった。私は、自分自身が、「人間は働いてこそ価値がある、何事かをなすことに人間の尊厳がある」みたいな価値観をもっているつもりではなかった。自分という人間は、そういう価値観に縛られていないほうだと思っていた。でも、父が働くでもなく、料理を作るでもなく、本を読んだり趣味に打ち込んだりするでもなく、テレビを眺めることで一日の時間のほとんどをつぶし、夜になったら酒を飲むという生活をずっと繰り返しているのを目の当たりにすると、私には父が「何もしていない」ように思われ、そのことに不安を覚え、父のそういうあり方を肯定することがむずかしくなった。

私は「父は何もしていないけれどもそれでいいのか。本当にそれで大丈夫なのか」という不安について、誰かに相談したかった。この問題に対する考え方の指針が欲しかったし、第三者の判断が欲しかった。そこで、友人の七瀬さんのお父さんが精神科の開業医をやっているということは知っていたので、父について相談させてもらうことにした。

新宿の喫茶店で話を聞いてもらった。こうやってわざわざ相談にのってもらうことまでしておきながらも、自分の認識としては、自分自身は父の生活のことについてそれほど思い悩んでいないつもりだった。父の状態について不安を感じ、父のことを心配しながらも、それはあくまで自分ではなくて父の問題であり、究極のところ、父がどうなろうがそんなことは知ったことではない。そんなふうに線引きができているつもりでいた。

でも、実際にドクター七瀬に向かって話し始めると、話したいと思うことが次から次へと出てきた。私は父について考えてきた様々なことを、漏らすことなく逐一話したいという欲求に駆られた。「あのときにはこういうふうに考え、またそこからこういうふうに考え、またさらにこんなふうにも考え」という具合に、必死になって喋っていた。自分でも何をそんなに必死になっているのだろうと思った。

ドクター七瀬は私の話をじっと聞いてくれていた。

私は相談のために話を聞いてもらっているのだから、話の最後は何らかの問いかけで終わらないといけないはずだと思った。でも、いろいろと話していると、どういう問いかけをするべきなのか、よくわからなくなった。それは話をしていくうちに混乱が深まってわからなくなったというのではなくて、話しているうちに問いかけるつもりだったことが問いでなくなっていくというか、そんなことを他人に聞いてもしょうがないのかもしれないという気になっていったのだった。

私が問いかけたいことは「父はテレビをずっと見るだけの生活を送っているけどそれでいいのか」であり、「働かなくてもいいのか」であり、「何もしていなくてもいいのか」だった。そんなことを問われても他人には「それはそれでいいんじゃない」としか答えられないだろうと思いながら、でも自分が悩んでいることはそのことなのだから聞いてみるしかないだろうと思い、とりあえず言葉にして口にしてみると、ドクター七瀬から出てきた言葉は予想通りに「まあそれはそれでいいんじゃないでしょうか」というものだった。そして、「そういうかたちで、お父さんは今は自分なりに平衡を保っていらっしゃるのでしょう」とも言った。

そしてさらに次のような言葉をドクターはつけ加えた。

「人間が生きていくことにとって、何かをすることとしないことのあいだに、大きなちがいはあるのでしょうか」と。

そんなふうに言われて私はけっこう驚いた。それは考えてもみないことを言われて驚いたというのではなくて、思ってはいたけどもそれを言ってしまったらおしまいというか、思っていても口にしにくいというか、他人に対しては言えるけど、自分自身に向けては言いにくい、そういう言葉だった。

ドクターが言ってくれたことは、他人は他人なのだということ。そして、当然だけど、父も他人なのだということ。それはわかっているつもりだった。わかっているつもりだったけれども、「父が何もしていない」という現実を前にすると、その現実の影響を受けて自分が揺るがされて、わかっているつもりだったことはあくまでも「つもり」だったことに気づかされた。そもそも「他人は他人」ということは、簡単に「わかる」と言ってしまえるようなことではないというか、「わかる」と言うことならできるけど、本当にそういうふうに生きることは容易ではないことだったりするのだろう。

ドクター七瀬と話をして、途端に気持ちの整理がついたというわけではなかった。ただ、「何かをすることとしないことのあいだに、大きなちがいはあるのでしょうか」という問いかけは自分のなかに残り、今もたまに思い出す。


もっと苦しんでいながらも生活保護を受給できていない人がいるらしいのに、父みたいな人間がもらっていいのだろうか。そんなことが許されてしまうと、辛いことに耐えながらもがんばっている人間が馬鹿を見るのではないか。かつての私はそういう考えに囚われたくないと思いながらも、なかなかそこから抜け出すことができなかった。でも、そんなふうに考えなくていいのだ。もっと苦しんでいる人は当然ちゃんともらうべきだが、そのことと父がもらうかどうかはまた別のことなのだ。というか、そもそも生活保護を受給しようがしまいがそれは父の問題であり勝手であり、私が考えるべきことではないのだ。

いつごろからかはわからないが、私は「父が何もしていない」とは思わなくなっていた。時間が経つうちに、私もこの状況に慣れていったのだろう。何かはっきりとしたきっかけがあったわけではない。慣れることで考えることが減ったのだと思う。そもそも、父は京都、私は東京に暮らしていて、普段の生活のなかでは父のことは目に入ってこない。私には他に考えたいこと、やりたいことがたくさんあった。

こんなふうに思えるようになったのは、父が次第に生活保護の生活に順応していったように思えたから、というのはあるだろう。父は一日中ずっとテレビを見ているわけではなくなり、他人との接触をもつようにもなった。ずっと頷き続ける癖も、おそらく一年も経たないうちに気がつけばなくなっていた。食事もスーパーの弁当ばかり食べるわけではなく自炊もするようになり、酒の飲み方もとくに乱れるわけではなく毎日昼から飲んでいるみたいなことにはならなかった。また、父は家計簿をつけるようになり、お金のことだけでなく、睡眠時間、体重、天気、米を炊いたかどうかなど、毎日の生活のことをこまめに記録するようになった。

父は他人からたよられることもちょくちょくあるらしかった。父が住んでいる二階建ての木造アパートは、住人のおそらくほぼ全員が生活保護受給者で一人暮らしだった。なかには起き上がるのも一苦労のほぼ寝たきりに近い状態の人もいて、そういう人のお世話を毎日するというわけではないが、体調が悪くなって本当にまったく動けないときに様子を見に行ったり、代わりに買い物に行ったりすることもあるらしかった。またアパートの大家さんからもたよりにされていて、アパートの住人の一人とずっと連絡がつかなくなったとき、その人が孤独死をしていないか代わりに確認してほしいと、大家さんから頼まれたこともあったらしい。父が合鍵を受け取ってその部屋に入ってみると、その住人は予想通り孤独死をしていて、部屋のなかはかなりの異臭がしていた。
父は酒を飲みながら、私にそんな話をしてくれた。

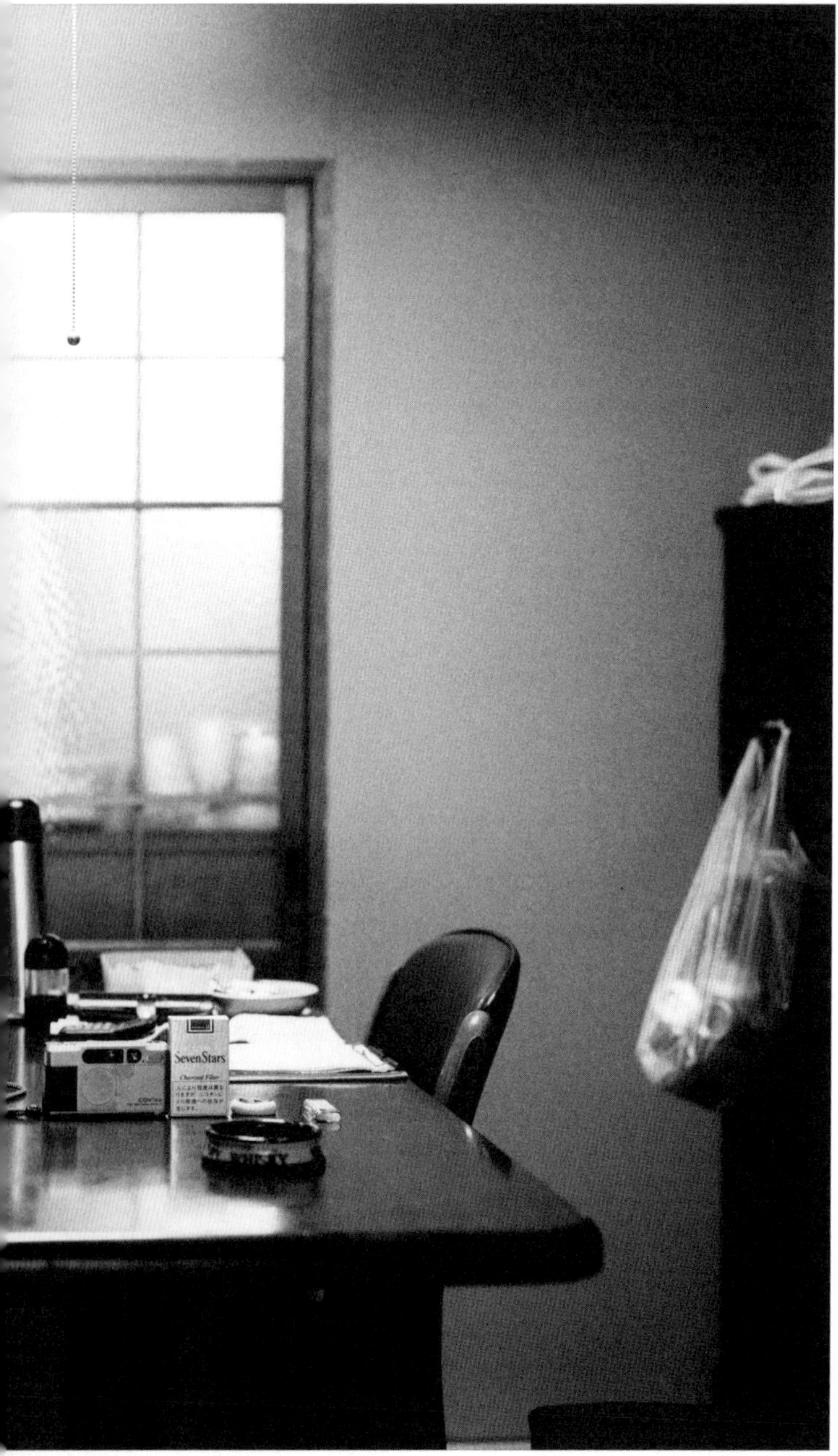
SevenStars

8

二〇一〇年一月、私は父の写真によって構成された『father』という作品を修了作品として展示し、大学院の修士課程を修了した。このときの展覧会では、父について書いていた日記は作品として発表していない。日記を見せてしまうと、写真が言葉によって意味づけられてしまうと思った。このときはまだ純粋に写真だけを見てほしいという気持ちがあった。

修士課程を修了してからの進路を考えたとき、どういうふうに働いて生活していくかというイメージがまったくもてなかったのもあり、そのまま博士課程に進学することにした。そのころは写真の撮影の仕事などはまったくしておらず、簡単な映像編集のバイトの収入が少しと、主に奨学金のお金で生活をしていた。

博士課程に進学すれば引き続き奨学金を借りられるし、大学院生という肩書もとりあえずはもらえるので、進学しようと思った。ただ、そういうモラトリアムを延長するという消極的な理由だけから博士課程に進学したわけではなく、父と関わるなかで経験したことを写真論として書きたいとも思っていた。自分には何かおもしろいものが書けるような気が漠然としていた。

ただ、実際に論文を書いてみて思ったことだが、論文という形式で父のことや写真のことについて書こうとすることは、自分には全然向いていなかった。父について書きたいことはいろいろあるような気がしていたが、それを論文として書こうとするとどういうふうに書けばいいのかよくわからなくなった。

博士論文はなかなか書けず、二年休学をして五年かかって博士課程を修了した。論文の形式の何が苦しかったかというと、自分の経験を一般化して何らかの結論を出さないといけないというところだった。いや、本当はそんな決まりはないのかもしれないが、あのときの私は論文というのはそういうものだと思い込んでいたし、それ以外の方法を知らなかった。

個人的な経験を一般化することに対しては、そうしたいという欲求とそれに抗いたいという欲求の両方が私のなかに存在し、むしろ後者のほうが優勢だった。そんなことは博士課程に進学する前からなんとなくわかっていたような気もするが、論文というものを、そして書くということを甘く見ていたというか、何も考えていなかったのだろう。

私が書いたものは、しっかりとした学術的な研究をすることによって自分が語りたいことを裏付けるような論文ではなかった。そんなことはできなかったし、やりたいとも思わなかった。私は、自分の主観的な経験に拠って立って文章を書きたいと思っていた。本当は今書いているような散文を書きたかったのだと思う。でも、書けなかった。客観性を装った、論文っぽい文体でしか書けなかった。そんな自分の「論文」がとても中途半端なものに思えて、なかなか書き進めることができなかった。

でも、これ以上先延ばしできないという現実によって、つまり締め切りが迫ってきたことによって、私はもう書けるものを書いてしまうしかないというところに追い込まれた。注をつけたり先行研究の引用をしたりしてなんとなく論文っぽい体裁を保ちながらとりあえず書き上げた。幸いなことに、芸大の論文審査は厳密な基準があるわけでもなく、とりあえず「論文」として提出すればほぼほぼ「論文」として受理されるので、私は無事博士課程を修了することができた。

博論を書こうとしていたころの私は、文章を書くということをもっと大それたことだと思っていたし、だからこそ言葉を書いて残すということに過剰に恐れを抱いていた。今、こういう文章をなんとか書けているのは「自分に書けるものしか書けない」というあきらめを以前よりも受け入れることができるようになったからだと思う。かつては何かを書いたとしても、「こんなものではだめだ。こんなものは他人が読むだけの価値がない。自分が書いたものとして認められない」と思って人には見せずに捨ててしまうことがしょっちゅうあった。書いたもののほとんどに対してそんなふうに思っていた。

では、今は言葉を書いて残すことへの恐れはなくなったのかというと、そういうわけではなくて、今でもものすごく強い。「本当に自分はこんなことを思っているだろうか」という不安や、「もっとおもしろく書けるんじゃないか」という甘い期待に固執して、なかなか書き終えることができない。また、行きつ戻りつしながら何度も書き直したりするので、今自分が書いているものがちゃんとした文章の体を保っているのかがわからなくなってくる。今書いているこの文章も同じような状況に陥っていて、なかなか終わらせることができない。今でも、どこかのタイミングであきらめて、踏ん切りをつけて、必ず終わらせようと思っている。それが以前よりかはできるようになっている。

博士課程を修了してすぐに、現在出版されている『father』のプロトタイプとなるような本を自分で簡易的に作った。出版された『father』とこのプロトタイプ版の内容はほぼ同じで、私が撮影した父の写真と二〇〇九年四月から続いている父の自撮り写真に加え、二〇〇八年一一月から二〇〇九年八月まで私がつけていた父についての日記も収録されている。このとき写真だけでなくて、日記も作品として発表しようと思った。論文を書こうとして苦しんだからこそ日記を見せる気になったというのはあったと思う。論文がいまいちうまくいかなかったからこそ、すでに自分が書いていた日記のおもしろさに気がついた。せっかくすでに書いたおもしろい文章があるのに、これを見せないのはもったいないと思った。

日記を併録した写真集であれば、出版してくれる出版社があるような気がした。かつて一度『father』の写真を見てもらったことのある（そのときも写真集として出版できないか相談したがうまくいかなかった）青幻舎の森さんに送ったら、「とても興味深いです。社で検討します」という返事をもらい、しばらく音沙汰がなかったのでだめだったのかと思っていたら数か月後に連絡が来て、青幻舎から出版することで話がまとまった。

二〇一六年二月に『father』は出版された。二〇〇八年から二〇〇九年のあいだに撮った写真と日記がこの本の主な内容になっているので、日記も写真と一緒に発表しようと思いさえすれば、もっと早くに出版することだってできたはずだった。なんでこんなに時間をかけてしまったのか。もっと早く出しておけばよかったのにと思うことがあるが、かつては日記を作品として発表することに抵抗があったのだ。時間が経つうちに抵抗の実感が薄れてきて、そのことが忘れがちになっている。

かつての私は、日記を見せてしまうことによって、写真が言葉に引っ張られてしまい、写真がちゃんと見られなくなることを危惧していた。写真の純粋性みたいなものを大切にしたい、自分が撮った写真を「守りたい」という気持ちがかつてはあった。

また、日記を発表することによって父の言動を逐一つまびらかにすることは、父に対して申し訳ないという気持ちもあったと思う。申し訳ないというだけでなく、そうやって書いて見せるという振る舞いそのものに対する抵抗もあった。そんなことをするのははしたない、みっともないと誰かから言われることを恐れていた。

こういう抵抗がどんなふうにしてなくなっていったのかはよくわからない。なんとなくあった抵抗が時間とともになくなっていったのだろう。そうやって抵抗がなくなっていったのは、父と自分との関係性が変化したり、父に対する自分の感情が変化したり、写真に対する考え方が変化したり等々、いろんな変化が影響しているのだと思われるが、これらの変化は何かはっきりとしたきっかけがあって起こったわけではなくて、時間が経過していくなかでゆっくりと起こっていった。

二〇一五年五月、写真集を出版することについて話をするために、父に会いに行った。父のことについて書いた日記が出版というかたちで世の中に出回ることについて、父本人がどう思うのか、一度聞いておきたかった。この日はひさしぶりに、私と父が話しているところをビデオで撮影することにしたので、カメラマンとして友人の写真家で映像作家の西澤諭志くんにも東京から来てもらった。

事前に父に電話で、自分たちが話しているところの撮影をしようと思っていること、そのために友人のカメラマンも撮影に来ることを伝えると、父は笑って了承してくれた。おそらく、父は呆れて困惑して笑うしかなかったのだと思うが、そこには若干のうれしさというか、まんざらでもない感じはあった気がした。

映像で撮っておこうとは思ったものの、どういうものが撮りたいかについて具体的なイメージがあったわけではなかったので、撮影については西澤くんに丸投げをした。父への質問をまとめたメモなどを用意しようかとも思ったが、それもやめておいた。面倒くさかったからというのが正直なところだが、いわゆるインタビューのようなかしこまった感じにしたくなかった。

父の部屋の様子は普段と変わらなかった。散らかってはいないが、とくにきれいにしているわけでもない。父の様子はいつもと若干ちがって緊張しているように見えなくもないが、よくわからない。「遠路はるばるご苦労さんです」と父は西澤くんに言った。

私は写真集のプロトタイプを父に事前に郵送していた。私が「本、見てくれた?」と聞くと、父は「写真は見たんやけど、日記は読んでないんや、すまんけど」と言った。「字が小さいから、これはちょっと大変や」と思ったそうだ。そもそもこの日記を読みたいと思うか尋ねると、父は「別にいいかな」と言った。「読みたくないのは内容を知りたくないのか、それとも読むのが面倒なのか」と尋ねると、「読むのが面倒くさいかな、今となっては」と言った。この日記には父の失踪や借金のことなども書かれているが、それを本にすることに対してはどう思うか聞くと、父は「人に知られて万歳とはならんけど、俺がどうこういうのはちがうかな。お前がやりたければそれでいいよ」と言った。

私は、父はこんなふうに答えるだろうと思っていた。だが、私がこのとき知りたかったのは、私への気遣いうんぬんを抜きにして、父自身は本当のところはどう思っているのかということだった。しかし、いくら言葉を変え聞き方を変えて尋ねても、「いや、別にそんなことはどうでもよくて、お前がやりたければやったらいい」、それ以上の答えは父からは出てこなかった。

私の問いかけの意図を父は理解できなかったのだろうか。私の聞き方が悪かったのかもしれない。だが、父から「本当のところ」を聞き出そうとすること、それ自体が的外れなことなのだろうと私は思った。父はすでにそれを語ってくれているのだった。「お前がやりたいならやったらいい」という言葉は、その言葉通り受け取ればいい。それ以上でもそれ以下でもない。その言葉の「奥」にある、父の本音なんてものは考えなくてよい。考えるからそんなものがあるような気がするだけなのだ。

私は父にもうひとつ訊いてみたいことがあった。

それは二〇〇九年の八月の失踪のことについてで、あのときの失踪の理由がなんだったのか（父自身は自分の失踪の理由をどう考えているのか）、またあの失踪の最中にガソリンスタンドで父らしき人を見つけて私は尾行をしたが、あれは父でまちがいなかったのか、あのとき父は私につけられていることに気づいていたのか、私は父に訊いてみたかった。

私の見立てでは、父があのとき行方をくらませたのは、毎月の失業保険のお金を節約して引っ越し資金を貯めておかないといけないはずだったが、それをやっていなかったからだと思っていて、もしそうなのだとしたら、八月までの数か月間の父の心境について（お金を全然貯められていないことについて焦りはあったのか、もう何も考えていなかったのか等々）訊いてみたかった。

二〇〇九年八月にいなくなった理由について訊いてみると、父は「あのときはたしか」と言いながら、その一年前、二〇〇八年九月の失踪のときのことを話し始めた。「いや、それは二〇〇八年のことで、さらにその一年後、自己破産の手続きが完了して、これから家を引き払って引っ越しをしようというときにもいなくなったでしょ」と言っても、父はうまく思い出せないらしかった。そのときの記憶を完全に喪失しているというわけではなくて、スナック「カサブランカ」で私に発見されたことは覚えていたのだが、「じゃあ、その前の数日間はどこで寝泊りしていたのか」と訊いても父は答えられず、それがいつのことなのかも父のなかではあやふやでよくわからなくなっているのだった。

父は「そんなことあったっけ」と言った。私は笑うしかなかった。父もさすがに申し訳ないと思ったのか、なんとか思い出そうと宙を見つめていた。私はその顔を見ながら、「何も期待してはいけない」と思った。思い出せない父が愚かなのではなく、他人に何かを尋ねてその人から「本当のこと」を取り出そうとしていた私が愚かなのだと父の顔は告げていた。

父の頭のなかには霧がたちこめているのだろう。遠くから汽笛が聞こえてきて、ゆっくりと動く船の姿がかすかに見える。すべてが霧に包まれた、薄ぼんやりとした静かな世界。

父がいろんな人に（とくに私に）迷惑をかけたにもかかわらず、自分が行方をくらませたことを忘れていたことに対して、私は怒りのようなものは感じなかった。私が感じていたのは、むしろ尊敬や畏怖の念に近い何かだった。積極的に父みたいになりたいと思ったわけではなかったが、こういうやり方もあるんだなと感心した。感動していたといってもいいと思う。くよくよ反省して苦しむぐらいなら、父のようにうまく忘れてしまうほうが、誰にとってもよいことなのではないかと思った。ただ、多くの人は忘れたくてもそんな簡単に忘れることなんてできなくて、だからこそ苦しんでいるのだが。

WHISKY

9

二〇一六年二月に『father』を出版すると、いくつかのメディアから取材の依頼を受けた。なかでも、神戸新聞、テレビ大阪、NHKの三社は私だけではなくて、父も一緒に取材をしたいと言ってきた。父は苦笑いを浮かべながらも快く了承してくれた。

どの取材でも「お父さんご自身はこの『father』という本をどのようにご覧になりましたか」という質問がされた。

それに対して父は、「出版されてよかったと思っています」「本という成果になってよかったと思っています」「晋吾が続けてきたことの結果だと思っています」と答えた。取材する側は、当事者であるはずの父の思いが聞きたかったはずだ。だが、父は当事者としてではなく、まるで関係のない第三者のような立場から答えていた（あるいは、これをいわゆる「親」の立場からのコメントだと見ることもできる。内容にはたいして興味がなく、息子が本を出版したことをただ漠然とめでたいことだと考える「親」の立場）。

この質問に限らず、父は他の立ち入った質問に対しても短い言葉で端的に答えていた。私のほうが曖昧ではっきりしない物言いになってしまい、「この作品を通して伝えたいことは何ですか」という質問に私がうまく答えられずにいると、父が「この本は写真と文章の両方が入っているところが他とちがうところじゃないのか」と助け舟を出してきたこともあった。

「写真集を出したことで、お父さんとの関係や、金川さん自身に何か変化はありましたか」という質問をされることがある。

写真集を出版するということ自体がどのような作用をもたらしたのかはよくわからないので、この質問にはどう答えればいいのかよくわからない。ただ、写真集を出版したことによって、父と一緒に何度も取材を受けることになったが、それは本当によかったと思っている。第三者が関わってくるからこそ見えてくることがいろいろとあった。それは父のことについてもそうだし、自分自身のことについてもそうだった。

NHKからの取材依頼は、Eテレの「ハートネットTV」という番組からだった。三〇分の番組一回分を使うドキュメンタリーを作りたいということだったので、何日にもわたって撮影がおこなわれた。自分が被写体として撮影されるという経験がおもしろかったので、私はこの一連の取材にまつわることについて日記形式の文章を書き、晶文社がやっている「スクラップブック」というウェブサイト上に「NHK」というタイトルで発表した。日記の形式をとってはいるが、そもそものはじめからこの文章はこのウェブサイトで発表するために書き始めたものであり、実際に日記を書いているのは書かれている日から数か月から半年近くが過ぎてからだったりして、かなりのタイムラグがある。

「NHK」

2016年8月3日（水）

「金川さんはよくわからないものに対して理解したいとか理解しようというのではなく、よくわからないもの、というところでふみとどまっているようで、そこが興味深いと思いました」とそのメールには書かれていた。NHKでディレクターをしている富士本さんという女性からだった。

VICEのインタビュー記事を読み、作品に興味をもったので話を聞かせてもらいたいとのこと。テレビ、しかもNHKという大きなメディアに取り上げられることへの不安を感じながらも、気持ちは上がった。

富士本さんは福祉関係の番組を担当しているらしい。「福祉」という言葉にもまた少し不安を感じたが、自分の作品が「福祉」という領域で語られるのは真っ当であるというか、適切なことでもあるような気がした。富士本さんの私の作品に対する関心の持ち方にも好感をもった。「話したことがすぐに番組になったりどこかに出ることはない」とのこと。テレビで取り上げられるかはまだ決まっていないのだろうか、とりあえず会って話を聞いてどうするか考えたいということか、などいろいろ考える。

8月18日（木）

新宿で待ち合わせ。富士本さんはまったく業界人っぽくないのんびりとした女性で、名刺交換も私と同じぐらいぎこちなさがあった。年齢は自分よりも少し若いぐらい。二時を過ぎていたが、お昼がまだだったので定食屋に入る。二人とも焼き魚定食を食べていたせいもあるのかもしれないが、富士本さんは私にそれほど質問してこない。黙々とご飯を食べるわけにもいかず、聞かれてもいないのに自分から自分のことを語りだすことになる。

「父は『やっぱり生きていくのが面倒くさい』というメモ書きを残していましたが、あれは死にたいということを言っているわけではなくて、おそらく誰かに向けて書かれたものでもなくて、ただこぼれ落ちたものというか」

「『生きているのが面倒くさい』ではなくて、『生きていくのが面倒くさい』という、このちがいが大きいと僕は思っていて」

「でも、この自撮りの撮影がずっと続いているのを見てもらえばわかると思うのですが、父はただのずぼらな人間かというとまったくそんなことはなくて」

「基本的にはひとあたりもよくて社交的でよく喋る人なんですよ、でもそれは写真からはわからないかもしれないですね、そういうことを伝えるために写真は撮っていないですし」

富士本さんは「なるほど」と言って興味深そうに話を聞いてくれるが、突っ込んで質問してくるわけではない。私は自分が喋った後に生じる空白に戸惑う。と同時に、もっとあのことやこのことも言っておきたくなり、またべらべらと喋り出す。今が何のための時間なのかちょっとわからなくなる。とりあえず一時間半ほど話をして店を出る。

別れ際、富士本さんは「お話が聞けてとてもよかったです。今後どうすればいいか、ちょっと考えてみますね」と言った。富士本さんが自分の話をおもしろいと思ってくれたかが気になる。これまでに何度かインタビューを受けたことがあり、調子に乗っていろいろと喋った後には、何とも言えない自己嫌悪というか後悔を感じていたのだが、その一方で実は自分は喋りたがってもいるのだとこのとき気がついた。

数日後、富士本さんから「先日はありがとうございました。もし近々撮影のご予定などがあれば見学させてもらいたいです」というメールが来て、ほっとする。

近々関西に帰る用事があったので、そのときに父の撮影も伯母の撮影もおこなうことにする。富士本さんもそれに合わせて関西に来てくれるとのこと。

9月3日（土）

伯母の撮影のために大阪駅で待ち合わせて、電車で伯母がいる病院の最寄り駅まで向かう。伯母は二〇一〇年から大阪の南のほうにある病院に入っている。それまでは行方知れずだった。伯母が病院に入る際、私は彼女の身元引受人になった。といっても特別たいしたことをするわけではなく、何かあったときに一言確認の電話がかかってくるだけの形式的なものに過ぎない。

私が伯母に最後に会ったのは、私が小学校に入るか入らないかぐらいのころだったと思う。伯母についての具体的な思い出があるわけではなく、「会ったことがある」ということをなんとなく記憶しているだけだった。なので、二〇年ぶりに再会をしても懐かしいとは感じなかった。伯母が病院に入って以来、私は関西に来るついでに伯母の病院に立ち寄って伯母の写真を撮っている。写真を撮ることが彼女に会いに行くための動機になっている。

電車には一時間近く乗っていたが、そのあいだも富士本さんは私に積極的に質問をしてくるわけではなかった。代わりに私が富士本さんのことをいろいろと尋ねる。実家は高槻だということ、高校は四天王寺に通っていたこと、ＳＦが好きで小説では筒井康隆、映画ではエイリアンシリーズが好きだということ、『エイリアン４』がとくにお気に入りでラスト（シガニー・ウィーバーとエイリアンとの親子対決）が泣けるということ、等々。

仕事のことも聞く。テレビの仕事はやっぱり忙しいのか尋ねると、富士本さんは「忙しいと言えば忙しいですが、仕事とそうでないことの区別が曖昧で、こうやって取材をしたり実際に撮影をしたりするのはおもしろいですし、ずっと好きなことをやっているとも言えますね」と言った。

「ちなみに今日は土曜日ですけど、これも仕事として扱われるのですか？　つまり取材の経費とかって出るのかどうか」と聞いてみると、「もちろん取材ではあるのですが、まだ企画書を書いてもいない段階なので、会社からは仕事としてカウントされないというか、とりあえず今日は休みを利用して里帰りのついでに撮影の見学をさせてもらっています」と言った。私の知り合いのテレビ関係で働いている人の多くは心身ともに疲弊しているが、富士本さんはそういう人たちとはちがうようだと思った。

最寄り駅からタクシーで伯母のいる病院へ。伯母が富士本さんを見て「この人は誰？」と聞いてきたので、「友達」と答えた。「奥さんじゃないのか」と聞いてくるかと思ったが、それ以上何も聞いてこなかった。伯母はこの人が誰なのか、どういう人なのかという興味をもつことがもうできないのかもしれない。

伯母は私のことを「まことちゃん」と呼ぶ。「まことちゃん」というのが誰なのかはわからない。私の親類には「まこと」という人はいない。訂正すれば、私が甥の「金川晋吾」だということはわかるようなのだが、次に訪れたときにはまた「まことちゃん」に戻っている。最近では訂正するのが面倒なので、「まことちゃん」のままでいることが多い。

この日もいつもと同じようにプリンやゼリーなどのお菓子を伯母さんに食べさせた後、病院内で撮影をした。富士本さんは伯母に話しかけたりしない。「全然知らない人のお見舞いについて来た人」として、ただそこにいた。私は富士本さんにビデオカメラを渡して、自分と伯母の様子を適当に撮影してもらうことにした。

富士本さんはいきなりのお願いにもかかわらず、たんたんと撮影をしてくれた。せっかくなのでペンタックス67Ⅱも渡して自分と伯母のツーショットの写真も撮ってもらう。日がだいぶ落ちてきたので、場所を変えてさらに自分と伯母のツーショットを何枚も撮ってもらった。病院からの帰りの電車内でも、富士本さんは今日の撮影の感想などを語るわけではなかった。今日のことに思いを馳せているのか、まったく別のことを考えているのか、あるいは何も考えていないのか。思うところはあってもべらべら喋らないのがこの人のやり方なのだと思うことにした。

大阪駅に着くとちょうどいい時間だったので、一緒に晩御飯を食べることにした。梅田の食堂街をうろうろして、洋食屋に入りハンバーグを食べる。ビールを飲んでほっとする。富士本さんはお酒は何でも好きらしい。明日も今日と同じようにあらたまって取材をするというのではなくて、とりあえず父の家に行って撮影の様子を見てもらって、そのあとは父と一緒にお酒でも飲むというラフな感じで、ということになる。

9月4日（日）

富士本さんと大山崎駅で待ち合わせ。タクシーで父の家へ。父は今日の趣旨がよくわかっていなかったらしく、若い女性が一人でカメラももたず手ぶらで来たのを見て拍子抜けしたというか、ほっとした様子。父は笑顔で富士本さんを出迎えて、「遠路はるばるご苦労さんです」と言った。

とりあえず自分が父の写真を撮っているところを富士本さんに見てもらうことにする。が、いざ撮影しようとすると、父を撮ることへのモチベーションがほとんどないことに気づかされる。これはもうここ数年続いていることだ。父が自撮りを続けてくれているので、あれで十分と思っているのだろうか。今日は父と自分のツーショットを中心に撮ることにする。これなら撮るモチベーションが少しは湧いた。まずは屋外で三脚を立てて撮る。その後、室内に戻って「父が自撮りをしているところを私が見ている場面」をいろいろとセットアップして撮る。このセットアップはこれまでも繰り返し撮っている。富士本さんにも画面のなかに入ってもらう。この日も富士本さんにビデオとペンタックス67Ⅱで撮影してもらった。

私が一緒に写っている写真を見ると、父の写真の写り方はやはり特異なのだと改めて思う。私にはどうしたってカメラを意識した何かがつきまとう。写真のなかの父にはそういうものが感じられない。父がカメラをまったく意識していないかというと、そういうわけではない。父はカメラを見ていて、その存在は意識している。カメラを意識するかどうかという問題だけではないのだろう。

一体どういうことが起こっていて、父はあのように写真に写ることができるのか。写真集『father』を見て「この人は演技をしているのではないか」と言う人がいる。「演技」をしているかしていないかのちがいはとても曖昧で二つを区別することは簡単にできることではないが、父は何かに「なろう」とはしていないと私には思われるので、「演技」という言葉は父にはあてはまらない気がする。

また、ある人が「この人は実はナルシストなのではないか」と言ったことがあった。私はこの意見に驚き、「そもそも撮られた写真のほとんどをこの人は見ていないのであり、そういうものから遠いところにいるのがこの人だと思う。そうでなければこういう写真にはならない」と反論した。だが、その人は「いや、これだけ自分の姿を撮らせる（撮る）ということ、それはやっぱり自分のことを『いい男』だと思っているからじゃないのか」と言った。

たしかに父は自分が醜男だとは思っていなくて、だからこそ写真を撮られることを拒否しないということはあると思う。ただ、父が写真を撮られることを許容するのは、自分のイメージを見たいという欲望からではなく、「どっちでもいい」という興味のなさ、あるいは「どうでもいい」というあきらめに近い何かによるものじゃないかと私は思っている。あとは、私に頼まれるということ、写真を撮られるぐらいたいしたことじゃないので、それでよろこぶのならばやってやろうという親切心。

撮影もひと段落したので、飲むことに。父が冷蔵庫のなかからつまみを数品だしてくれる。そのなかには父自身が漬けたというぬか漬けがあった。富士本さんが「よく漬物とかされるんですか？」と聞くと、「よくするわけではないんやけれどね」と言って、ぬか床を毎日触

らないといけないのが面倒だということを嬉々として話していた。

父の意外にまめな側面を富士本さんにさらに見せるために、父がつけている家計簿の話を持ち出す。見せてもらってもいいかとたのむと、父はすんなり了承し、七、八冊のノートの束を取り出した。現在のアパートに移り住んだ二〇〇九年から、中断を繰り返しながらも父は家計簿をつけ続けている。何色ものマーカーペンが使い分けられていて、「生きていくのが面倒くさい」という言葉を書いた人の手によるものとは思えない緻密な家計簿になっている。

私も見せてもらうのはひさしぶりだったのだが、見るとここ一年ほどのあいだに、家計簿に日記のようなものがときおり添えられていることに気がついた。父が日記をつけているということ、これは父に対する私のこれまでの認識とは相容れないものだった。日記をつけるというような内省的な行為に父はまったく興味がないというか、そういうものから逃避するのが彼の生き方だと私は思っていた。

二〇〇九年四月以降、父は私が依頼したフィルムカメラによる自撮りの撮影を毎日続けているが（当然忘れることもたびたびあるが）、それは内省を必要としない写真だからこそ、しかも何を撮るかを選ばなくてよい、フレーミングも必要ない自撮りだからこそ続けることが可能になっているのであって、わが身を省みないといけない「日記」というものを継続することは、父には不可能だろうと思っていた。

だが、その父が誰に頼まれたわけでもなく、自発的に日記をつけている。私は内心かなり驚いていた。父のなかで何かが変化しているのだろうか。あるいは、父はそもそもはそういう人間だったのだろうか。よくはわからないが、この日記も続けてくれればと思った。父が書いているのは、日記といっても自分の思いをつらつらと書くようなものではなく、その日にしたことや誰に会ったということが、装飾のない言葉で端的に書かれた素気のないものだった。そして、私はその素気のなさがとてもいいと思った。

ごくたまに父の思いというか、その日の感想のようなものも書きつけられているのだが、それも短く簡潔なもので、私はそこもいいと思った。たとえばテレビ大阪の取材を受けた二〇一六年七月二五日（月）の日記。

朝9：30から大阪TVが来て、晋吾のインタビューを二人でうけた。今日の晋吾なぜかテンパってしまって歯切れが悪かった。

こうやって「実は父はまめなところもあるんです」ということをアピールすると、「なるほど。お父さんは真面目過ぎるから蒸発をしてしまったのかもしれませんね」なんてことを言う人もいる。が、富士本さんはそんなことは口にしない。ただただ感心するだけだった。

富士本さんの酒の飲み方は、お付き合いのためにとりあえず口をつけるというのではなく、お酒がおいしい、そして楽しいということがこちらにも伝わってくる気持ちのいい飲み方だった。

はじめは私もそういう富士本さんを好ましく見ていた。それぞれの身の上話や作品の話などが入り混じりながらとても楽しく飲んでいた。だが、飲み始めて一時間ほど経ったころ、富士本さんと父は突然もうひと盛り上がりし始めた。富士本さんは父のことを「先輩」と呼び、父は富士本さんのことを「ふじもっちゃん」と呼び、ウォッカを互いに酌み交わしだした。二人は握手をしたりして、飲み屋でたまたま知り合った女の子とおじさんがとくに内容もなく盛り上がっている感じだった。私は次第に二人ののりにつき合うのがしんどくなってきたが、二人の盛り上がりはそれほど長くは続かず、数十分後には富士本さんは酔っ払って机につっぷしてしまった。

「富士本さん大丈夫？」と声をかけると、「大丈夫です」と答えていたが、しばらくすると立ち上がりトイレに駆け込んだ。トイレからは胃の中のものが逆流する音と嗚咽が聞こえてきた。私は心配しつつ困惑していたが、父はなんだか楽しそうだった。

トイレから出てきた富士本さんは嘔吐したことですっきりしたのか、「眠い」と繰り返しつぶやいていた。私としてはそんなに父の家に長居するつもりはなかったのだが、仕方がないのでとりあえず富士本さんに父がいつも寝ているベッドで寝てもらうことにした。私は富士本さんにかなり戸惑っていたが、父は富士本さんのことが気に入ったようだった。お酒につき合ってくれたのがうれしかったのだろう。富士本さんが小さな寝ゲロを吐いても「かまへんかまへん」とうれしそうだった。

富士本さんが目覚めるまで、することもなくぼんやりとテレビを見ている私を見て、父は「お前は忙しいやろうから、先に帰ってもいいぞ。わしがタクシーで送るから」と言ってきた。私は父の言葉に甘えてしまおうかと思ったが、思い直して自分も待つことにした。

二時間ほどして、富士本さんは目を覚ました。もし自分が富士本さんの立場だったらいたたまれない気持ちになるだろうと思うが、富士本さんが何を思っているのかはよくわからない。まだ酔いが残っているのか、事態が把握できていないのか、心のなかでは「やってしまった」と思っているがそれを表には出さないようにしているのか。富士本さんは自分が酔いつぶれたことにはまったく言及せずにゆったりと帰り支度をおこなっていた。その姿には堂々としたところがあった。

タクシーが来たので、父の家を出る。去り際、富士本さんが父に「今日は本当にどうもありがとうございました」と言うと、父は「またぜひ来てください」とうれしそうに言った。

私はよくわからない気持ちになっていた。

富士本さんは休みを返上して来てくれているのであり、ここまで付き合ってくれたことに対してありがたいという気持ちはあった。だが、どうして取材対象の家に初めて訪れたときに酔いつぶれることになってしまうのか。どういうつもりで酔いつぶれるまで飲んだのか。

どういうつもりも何もないのか。ただ飲み過ぎてしまっただけなのか。自分の場合に置き換えてみると、それはちょっと考えられないことのような気がした。

だが、結果的に父は富士本さんのことが気に入り、私もこれまで自分のことを取材してくれた人たちとは異なる感情を富士本さんにもつようになっていた。もちろん、そんなことを狙って富士本さんは酔いつぶれるまで飲んだわけではないだろうが。

駅に着くまでのあいだもずっと酔いがさめきっていないような状態だったが、富士本さんは私に丁寧にお礼を言って高槻の実家へと帰っていった。

9月5日（月）

富士本さんからお詫びのメールが届く。「穴があったら入りたいです……」と書かれていて、まあそれはそうかと思う。

「カメラマンとは異なる写真家というものがどういうものか少しわかったような気がしました。もっと金川さんのことを見ていたいというか、お話を聞きたい気持ちが大きくなりました」とあったので、興味をもってもらえたのはよかったと思う。「この二日間で撮った写真を見せてもらいたい」ということなので、東京で会う約束をする。

9月20日（火）

一九時に渋谷で待ち合わせ。この日の富士本さんはこれまで会ったときとは様子がちがった。この前の撮影のことや、でき上がった写真を見た感想を積極的に語ろうとはしないのはいつも通りなのだが、どこか地に足がついていない印象だった。

話の脈略とは関係なく、私の髪型についていた寝グセのような妙なハネを指摘してくれたり、私の手の爪がツヤツヤであることを誉めてくれたりした。

そんな富士本さんを見て、私は「もうこの人はやる気をなくしてしまったんじゃないだろうか。この前の撮影を見た結果、『やっぱり番組にするのはむずかしい』と思ったのかもしれない。どうすればいいのか富士本さん自身もよくわからなくなっているのかもしれない」と思った。

夜勤明けでかなり疲れていたのもあって、私の気持ちも低調だった。中村屋でカレーを食べたのだが、話すこともなくなったので一時間ほどで店を出て別れた。富士本さんはこの後もまだ仕事があるとのことだった。

数時間後、富士本さんからメールが届く。

「今夜も金川さんの大切な時間を割いていただいたのに、ろくなもんじゃない感じでほんとにすいませんでした。金川さんに会うのに、だいぶ前から緊張していたのですが、結果ただの酔っ払いになってしまいました。いつも番組に直結しない取材でごめんなさい」

とあった。今、富士本さんはフランスのワインを扱う番組の制作に携わっていて、今日私に会う前にもその番組の打ち合わせがあって、ワインをしっかり飲んでいたらしかった。「深海のように反省しているので、またお会いしていただけると幸いです」とメールの最後に書かれていた。

私はまたもや富士本さんが酔っ払っていたということにかなり驚き、これは一体どういうことなのかを考えようとした。でも考えているうちに「こんなことは全然たいしたことではなくて、この世界の至るところで起こっていて、こんなことに驚いている自分がまちがっているのかもしれない」という気持ちになってきた。よくわからないので、この出来事に意味を与えるのはできるだけやめようと思った。

翌日、また富士本さんからメールが届いた。撮影と写真の感想が書かれていた。

「金川さんの写真には見ている人がそこに入っていけるような余地、空白があると思いました。撮っている金川さんなのか、撮られているお父さんや伯母さんなのか、どちらにその空白があるのかはちょっとよくわかりませんが、たぶん金川さんのほうじゃないかと思いました。血のつながっている人を撮っている写真なのにそういう感じがするというのは妙でおもしろいと思いました。金川さんの作品づくりと私たちの取材を入れ子の構造にしたみたいな番組ができたらと思っているのですが。ちょっと上司に相談してみます」

富士本さんがやりたいと思っていることに、私も共感した。富士本さんにはなんとかして企画を通してもらいたいと思った。富士本さんはとらえどころのない不思議な人だけれど、この人なら視聴者に戸惑いを与えるようなドキュメンタリーを作ってくれるかもしれないという期待を私はもち始めている。

10月8日（土）

作品を出品している「悪い予感のかけらもないさ展」でのアーティストトークがあり、富士本さんも聞きに来てくれた。トーク終了後、中華を食べに行った。

この展覧会で伯母さんの写真を初めて展示したのだが、富士本さんはとてもよかったと言ってくれた。展示を見た知り合いの人たちもすごくよかったと言ってくれていたし、自分としても相当いい展示になったと思っている。

富士本さんから「企画書を書いて出してみました」という報告を受ける。企画会議でも議論されたが、概ね好評だったらしい。それを聞いてほっとする。富士本さんは「どういうふうに番組としてまとめればいいのかはまだ正直よくわかってはいないのですが、おもしろいものになるという予感だけはあります」と言った。

富士本さんにこれまでどういうドキュメンタリーを作ってきたのかを聞いた。東京勤務になる前にいた鳥取で、「働きたくない2人」と「仏に恋する女の子」という二本の番組を作ったとのこと。

「働きたくない2人」というタイトルがものすごくいいと思う。

内容は、できるかぎり働きたくないと思っていて、田舎でならお金があまりなくても生きていけるのではないかと考え、東京から島根に移住してきた二〇代半ばの男二人組のドキュメンタリー。最後は片方が山の奥深くへと移住し、もう片方は画家を目指すべく関西空港からニューヨークへと飛び立つところで番組は終わる。ただ、あとでわかったことだが、画家志望はニューヨーク行きのチケットを当日空港で買うつもりだったがそれが果たせず（予約がいっぱいだったのか、気が変わったのか、理由はわからない）、結局ニューヨークには行かなかったらしい。

「今でもたまに電話をくれるんですよ。今はたしか東京にいるんじゃなかったっけ。よくわかりませんが」

と富士本さんは言った。

NHKの取材が現実的なものになりつつあるので、前から考えていたことを富士本さんに言ってみた。

「晶文社という出版社から声をかけてもらっていて、とりあえずウェブの連載から始めてみることになったんですが、その連載でこの一連の取材のことを扱いたいと思っています。その連載ではこの取材のことだけじゃなくて、伯母のことや、長崎の撮影のことなど、自身の撮影に関する経験を題材にしてテキストと写真を合わせて見せていくということをやろうと思っています。富士本さんが酔いつぶれたこととかも、僕はおもしろがって書いてしまうと思います。『書いてもいいですか』って訊かれても困ると思いますが、とりあえずそういうことをやろうと思っているということはお伝えしておいたほうがいいかなと思いました」

富士本さんは「そんなことはやめてくれ」とは言わないだろうと思っていたが、案の上「私のことはお気になさらずに好きに書いてください」と言ってくれた。

「私はこれまでいろんな人の人生をネタにして番組を作ってきました。我々の業界ではこれを『他人の人生で飯を食っている』と言うんですが、自分の人生がネタにされるときには、なるべく口を出さず黙って料理されようと思っています」

富士本さんのこの言葉はとてもありがたかったが、その一方で何か違和感も残った。

その違和感というものが、他人を題材にしたドキュメンタリーを作ることを「他人の人生で飯を食う」と呼ぶことに対してなのか、「自分は他人をネタにしているから、自分がネタにされる場合は黙って料理される」という態度に対してなのか、あるいは私の側の問題として、実際に生きている他人のことを書くときに生じる、その人の気持ちやプライバシーを慮らないといけないという問題に直面して、何となく面倒なものを感じて嫌な気持ちになっただけなのか、あるいは、その問題を処理するためにおこなった今日の自分のやり取りに対する違和感なのか。

よくわからないが、そもそも私は生きている他人のことを書くことに伴うもろもろとどのようにつき合うべきなのか、まだよくわかっていないというか、覚悟を決めかねているようなところがあるのだろう。自分が撮影対象になるのは初めてのことであり、自分のことを対象として扱おうとする富士本さんに対して、思い上がりのような、あるいは甘えのようなものが自分のなかにあるような気がする。

12月9日（金）
富士本さんから電話があり、企画が通ったので一月から撮影に入りたいとのこと。どうなるのか楽しみだけど不安もある。

2017年1月17日（火）
向日町駅で待ち合わせ。駅まで母に車で送ってもらった。車のなかで母に「おかんもNHKの人たちと話してみる？　向こうとしては興味があると思うんやけど」と言うと、母はちょっと考えて「私はいいわ。もうあの人とは直接には関係のない人間やしね」と言った。私が少しほっとしながら（ほっとするならそもそも言わなければいいのだが）「まあ、それはそうや」と言うと、母は「私にはもう関係のないことやから。まあ話すとしたらあんたの母親としてなら話せるかな」と言った。

駅に着くと富士本さんとカメラマンの男性が待っていた。私が車から降り、「母です」と紹介すると、富士本さんは「なんと、お母様ですか」と少しあわてて運転席の母に挨拶をした。朝のラッシュ時で駅前があわただしかったこともあり、母は車に乗ったままで挨拶をした。一通り挨拶をしたあと、最後に「息子と元旦那をどうぞよろしくお願いしますね」と言い、「元旦那」のところで誘い笑いをして、母は車で去っていった。

カメラマンの男性と名刺のやり取りなどはせずに簡単に挨拶をする。名前は丘山さんといって、年齢は私より少し上に見える。初対面でも人を緊張させない雰囲気があって、つき合いやすそうな人だと思った。

とりあえず簡単に打ち合わせをするために、駅前の喫茶店に入る。席に座ろうとしたときに、撮影機材を入れたバッグを母の車の後部座席に忘れていることに気づいた。自分で自分に呆れるが、こんなことはこれまでにも繰り返してきたし、これからも繰り返すのだろうと思う。そう思うことで自分をなだめる。すぐに携帯に電話をすると、母は戻って来てくれるとのこと。一五分ほどで来てくれたので、「おかんの時間が大丈夫なら、一緒にお茶でもするか」と訊くと、「ほなちょっとお邪魔させてもらおうかしら」と言ってお店に入ってきた。

私と母が隣りあって座り、富士本さんと丘山さんと向かいあった。思わぬかたちで母と二人でインタビューに答えるような格好になった。私のことを訊かれると、母は「この人は昔から本当に手のかからん子でね」と言って私のことを褒めだした。これはずっと昔からのことで、こういうことを言えば親馬鹿だと思われるということは本人もわかってはいるようだが、事実なのだからこう言うしかないのだと開き直っている。いや、開き直るということすら母はおそらくしていなくて、自分の実感をただ正直に話しているのだろうと思われる。

母は「元旦那」のことを訊かれても口ごもることなく変わらぬ調子で話し続けた。「子どもが小さいときは面倒見のいい父親だったと思いますよ。家のこともよく手伝ってくれましたしね」「私はね、あの人が蒸発して戻ってくるたびに、これでもう二度としないだろうと思っていたんです」「実際のところ、私はあの人のことをあんまりよくわかっていなかったのかもしれませんね」「今はちゃんと暮らしているみたいで、まあなによりだと思います」「それもやっぱりこの子のおかげやと私は思ってます」。最後の母の言葉を聞きながら、私も「まあやっぱりそうだろうな」と思っていた。

富士本さんが少し言いにくそうに「昔一緒に生活していた人のことが、こうやって本になって出版されることに対しては、お母様はどういうお気持ちなのでしょうか？　実際にご覧になって、どうでしたか？」と訊くと、母は「見てみるといろいろと思うことがないわけではないですが、今の私とは直接には関係のない話ですからね。こうやって本になったことは本当によかったと思ってます」と言った。ただ、それまで淀みなく話していた母も、質問が父の蒸発の具体的な事実、たとえば蒸発の回数や頻度や期間などになると、曖昧にしか答えられなくなった。これは母に限らず、私も兄も、そして父自身も同じで、誰も具体的な数字をちゃんと覚えていない。全員が、「あの時期、よくいなくなっていたな」という漠然とした認識をもっているだけなのだ。

富士本さんたちも自分の家の話をしてくれた。富士本さんのお父さんは印度哲学の教授だったが、四〇過ぎまではまったくお金を稼がずに研究を続けていて、お母さんの教師としての収入で富士本家の生活は成り立っていた。そういう両親を見ているので、富士本さんはやりたいことがある人は無理して働く必要はないと考えているらしい。

丘山さんは中学生のときに激しい反抗期を迎え、そのときからの軋轢《あつれき》が今も残っているとのこと。丘山さんのような優しくて人あたりがよさそうな人が親とそんなことになるなんてとても意外だと思ったが、本当は別に意外でも何でもないんだろうと、あとで思った。自分はよくも悪くも反抗期がなかったので、反抗期というものがよくわからないのだと思う。

一時間ほど話し込み、父との約束の時間をすでに過ぎていたので喫茶店を出て母と別れた。私はひと仕事終えたような疲れをすでに感じていた。

富士本さんは機材を載せたタクシーで父の家の最寄りの山崎駅に向かい、私と丘山さんの二人は歩いて向日町駅に向かった。改札を通るところからカメラが回った。自分が歩いている姿を後ろから撮影される。

ホームで電車を待つ。丘山さんは少し離れたところにいる。電車が来るまでにはまだけっこう時間がある。「電車までまだ時間がありますね。って、こうやって話しかけたりあまりしないほうがいいですか？」と私が声をかける。丘山さんは「全然大丈夫ですよ」とファインダーから顔を外し、ノーファインダーのまま撮影しながら言った。

「いきなり二人きりというのもどうしたらいいかわからないですよね。本当は撮影に入る前に、一度会って飲んだりしたりすることが多いんです。今回はそういうことがなかったのは、富士本の意向なんです。実は僕、申し訳ないんですが『father』もまだ読んでいないんですよ。富士本から渡されていなくて。できる限り事前に情報を僕に与えたくないみたいで。富士本がそうはっきりと言ったわけではないんですが、本のことを訊いても、『いや、とりあえず読まなくて大丈夫です』と言うので、僕もそれ以上は突っ込まないようにしています。あいつなりに何か狙いがあるみたいですよ」と言った後、最後に「まあもしかしたら何も考えていないかもしれませんが」と笑って付け足した。

富士本さんがこの番組をどういうものにするべきか考えて、演出をしている。それは当たり前のことだが、私を感慨深くさせた。

電車内はすいていたが、撮影しやすいようにと人がいないドアのそばに立つことにする。カメラを向けられているのを意識しながら、カメラのほうを見ないようにする。今撮られている映像はどのように使われるのか。自分はどんなふうに写っているのか。誰がこれを見るのか。そもそも本当に誰かがこれを見るのか。そんなことをひとつひとつ考えているわけではないのだが、撮られているという状態には漠然としたわからなさがつきまとう。そして、そのわからなさが不安を連れてくる。撮られていると自分の手のやり場に困り、ずっと手を組んでいて、手を組んでいるということにずっと意識が向かう。でも、それもそのうち終わる。

撮影を始めた二〇〇八年ごろ、私はよく電車内で父をビデオで撮っていたことを思い出した。そのときの父は何を思い、感じていたのだろうか。また、そのときの私は父が何を思い、感じていると考えていたのだろうか。たぶんそのときの私は、父が何を感じているかなんてことをそもそもあまり考えていなかったと思う。そのときの父は撮られるということについて、とくに何も思っていないように見えていた。カメラを向けられることに対して、父が私に何かを言ってきたことはなかった。ただの一度もなかったと思う。カメラを向けられても、父はとくに困っているようには見えなかった。本当は困っていたのだろうか。私がいろんなことを忘れているだけなのだろうか。父の映像はかなり撮っていたが、今のところそれを作品としてまとめることはできていない。とくに何かに使われることもなく、見返されることもなく、ハードディスクにたくさんの映像が眠っている。

一〇分ほどで山崎駅に着いた。富士本さんと落ち合い、駅前のデイリーストアでウイスキーを買って、タクシーで父の住むアパートに向かった。アパートの目の前でタクシーは降りたが、いったんそこから少し離れて、私が父の家に向かって歩くところから撮り直す。家のなかに入ってもカメラは止めず、ずっと撮り続けるとのこと。

父の家に入るとき、いつも自分が何て言っていたのか思い出そうとするが出てこない。とりあえず「お邪魔します」と言ってなかに入った。

ひとしきり挨拶がすみ、会話が止まった。私は指示を求めるように富士本さんの顔を見た。富士本さんは私を見るつもりになっていたのか、私に見返されたことに一瞬ひるんだように見えたが、すぐにもちなおして「とりあえず、金川さんがお父さんの写真を撮るところを見せていただけますか」と言った。

今の私は父を撮ることへの興味を失くしている。その変化についてはうまく説明できなくて、以前も別に撮りたくてしょうがないと思っていたわけではなかったが、かつては父を撮ることに何か未知のものを期待するところがあったような気がする。あるいは、かつては私の中に父をイメージ化することへの欲求があったのかもしれない。ただ、期待や欲求がなくなったからといって、撮影を完全にやめにしたいわけではなかった。興味をなくしても撮影は続けたいということを、どう説明したらいいのかがまだよくわからない。

私は父という人間よりも、NHKの取材が来ているというこの状況のほうを写真にしたいと思っていた。今、私が京都にいるのは、NHKの取材があるからで、そうでなければ私はここに来ることはなかったのだ。そのことが富士本さんや丘山さん、それにこの番組を見るであろう人たちに伝わるようにしたかった。

私は父単独の写真はまったく撮らずに、丘山さんとのツーショットや、富士本さんを交えてのスリーショットを撮った。丘山さんはこの状況をおもしろがってくれているようだったが、富士本さんは様子が少しちがっていた。富士本さんは撮影の合間に「お父さんだけを撮ったりしないんですか？」と訊いてきた。

写真は撮っておいて後悔することはまずなくて、だいたいいつも「もっと撮っておけばよかった」と思うことが多い。なので、とりあえずがんばってもっと写真を撮っておくよう自分を励ました。

ペンタックス67Ⅱで四〇枚、昨日買った「現場監督」という日付入りの35mmのフィルムカメラで数枚撮ったところで、撮影はやめて少し休憩することにした。テレビでは宮根誠司が喋っていて、とりあえずみんなそれを眺めていた。丘山さんはファインダーをのぞいてはいないが、おそらくカメラは回し続けている。

「お父さんは、この時間はいつもミヤネ屋ですか？」と富士本さんが訊くと、「とくに決めているわけではないんやけど。まあそうですかね」と父。さらに富士本さんは「お父さんが欠かさずご覧になっている番組ってあるんですか」と尋ねるが、「うーん、とくにないんとちがうかなあ」という父の答え。「昔はおとんが動物番組をよく見ていたのを覚えてるわ」と私が言うと、父は「そうやったかもな」と言うので、私が「今はそんなに見てないの」と

尋ねると、「今はそうでもないかな」と父。

富士本さんに「もうすでに何度かお聞きしていますが、金川さんがお父様を撮ろうと思ったきっかけを改めてカメラの前でお話していただけますか」と言われ、「私が中学、高校に通っていたころに、父は蒸発をよくしていて、」と私はこれまでに何度も話している話を始めた。自分のことを説明する定型文が出来上がっていることに違和感を覚えるが、面倒くさいのでそのまま話す。自分のことを話しているうちに、「なんでわざわざ自分はこんなことをしているのか」という気持ちが強くなってきた。

これまでにもたびたび感じてきたことだが、カメラを前にすると、「なんで自分は」という思いはより強くなった。こうやって質問され撮影される状況をつくったのは他でもない自分なのだが、こういう状況に置かれていることが不条理のように感じた。かと言って、喋りたくないわけではなくて、むしろ喋りたいことはたくさんあるのだが、カメラの前で調子よく喋っている自分がなんだか馬鹿みたいにも思えてきた。そもそも自分は誰に向かって話しているのか。

買ってきていた菓子パンを手にとり、話の途中でかじりついた。カメラの前で話をしながら菓子パンは食べないほうがいいに決まっている。それはわかっているのだが、ついやってしまった。撮られていることを一方では意識してはいるのだが、疲れからか頭全体はぼんやりとしてきて、どうでもよくなってくる。座椅子の背もたれからずり落ちて、ほぼ寝ているような状態で話す。でも、これはわざとやっているようなところがないわけではなくて、自分のだらしなさを晒したがっている自分がいる。

インタビューは一時間ほど続き、かなり疲れた。夕飯にはまだ少し早い時間だったがおなかも減ってきたので、「寿司の出前でも取ろうか」と私が言い出した。「銀のさら」に電話をすると配達には一時間ぐらいかかるということなので、冷蔵庫のなかにあるつまみを食べながらみんなで飲むことにした。父が漬けているぬか漬け、にしんを焼いたもの、もやしのナムル、キムチ、鶏のささみなど酒のあてがいろいろ出てきた。

丘山さんもお酒は嫌いではないようだ。富士本さんはさすがにこの日は飲み過ぎないように気をつけていたが、人並みには飲んでくれていた。父もいい調子で飲んでいた。丘山さんは飲みながらも、小さなハンディカムは回し続けていた。

酒が進み、話題も昔のことに。私が小学生のころはサッカー少年団に入っていて、父もその少年団のコーチをしていたという話をしていると、父は昔使っていたジャージのポケットに入っていたという一枚の写真を取り出した。その写真には、ゴールキーパーのユニフォームを着て満面の笑みで誰かと握手をしている父が写っていた。まだだいぶ若い。四〇代半ばかそれよりも若いぐらいだろうか。見ているこっちが困惑するような、突き抜けた明るさがある。

「たぶんなんかの大会でMVPをもらったときの写真やと思う。決勝がPK戦にまでもつれたんやけど、わしが相手のPKを止めて勝ったんとちがったっけな」

富士本さんたちにはその写真に写っている父がとても新鮮に見えるらしい。「全然別の人に見えます」と富士本さんたちは言った。当たり前だが私には別の人にはまったく見えない。父の写真の経験の仕方が、自分と他の人とでは全然ちがうということを今さらながら思い知らされる。

さらに酒が進み、昔の話が続いた。父は若いころは仕事を自宅でしていたので、兄の保育園のお迎えにもよく行っていたらしいのだが、そんなことを話しているうちに、父は兄の保育園にいた自閉症の女の子のことを話し始めた。その女の子は他の友達とはうまく遊べなかったのだが、父にはとてもよくなついていて、父はお迎えにいったついでに、その女の子とよく遊んであげていたらしい。

「めっちゃかわいらしいこでな。わしが保育園に行くと、『おっちゃん、あそぼ』って言ってスッと近づいてくるんや」

そう話す父の様子はさっきとは明らかにちがっていた。鼻をくすんくすんと鳴らし、こみあげてくるものをこらえながら話しているのだった。富士本さんも丘山さんも父の変化に気づいたようで、少し驚いたような顔をして私のほうを見た。

「それから何年もたって、わしが少年団のコーチのために神足小学校に行ったときのことやねんけどな。グラウンドのそばを歩いてたら、『おっちゃん、あそぼ』って声をかけられてな。見たらその女の子なんや。小学生になってだいぶ大きくなってたけど、ぱっと見てわかった。少年団はもう始まる時間やったけど、そのまま女の子とジャングルジムで遊んであげてな」

父の目は真っ赤になり、声もうわずって、こみあげてくるものをこれ以上おさえることができなくなっていた。

私はとてもいい話だと思った。

自分にはとうていできないことだと思った。ただ何か見てはいけないものを見てしまったような居心地の悪さがあった。こんな父はこれまで見たことがなかった。

二〇時ごろ、父の携帯が鳴った。父の飲み仲間からのお呼び出しだった。ちょうどいい頃合いだったので、私たちも帰ることにして、タクシーを呼んでみんなで父の家を出ることにした。

父と別れてから、さっきの父の話について富士本さんたちと話をした。富士本さんたちもかなりの戸惑いを覚えたと言っていた。

1月18日（水）

朝一一時に阪急宝塚線服部天神駅で待ち合わせて、私の個展を開催しているギャラリー176へ。この展覧会では、父の自撮り写真を展示していたのだが、なかでも父が上半身裸になっている写真だけを選んで展示した。いわば、「初老の男性の自撮りのヌード写真の展覧会」になっているのだが、そうすることで、写真を媒介にして成立している、今の父と私との関係性を提示できるのではないかと思った。

父は実際に展示を見ても、裸のことについては何も言わなかった。ただ、自分の撮り方についてはは何か思うところはあったようで、「やっぱりどれも下からあおって撮ってしまっているな」とつぶやいていた。

今日もとりあえず富士本さんに「どうしましょうか」と訊いてみるが、富士本さんは「いや、とくに私としてはどうしてもらってもけっこうですので」と言った。とりあえず父を撮ることにした。

父を撮ることへのモチベーションはあいかわらずあがらないが、しょっちゅう撮れる場面でもないし、とりあえず撮っておいて後悔することはないと自分を励まして撮った。

自分で撮るのにも飽きてきたので、富士本さんにカメラを渡して撮影してもらう。父と私が並んでいる写真を撮ってもらったあと、私は「フィルム一本分、一〇枚全部を富士本さんが撮ってください」とお願いをした。富士本さんはどうしたものかと少し考えたあと、「二人で自由に歩き回ってください」という指示を出し、やけっぱち気味にシャッターを切りだした。

富士本さんはファインダーからずっと顔を離さなかった。ペンタックス67Ⅱ特有の大きなシャッター音がしばらくくり返され、そろそろ一〇枚撮りきったかというところで音が止まった。富士本さんはファインダーから顔をはずし、カメラをしげしげと見ている。「すいません、動かなくなりました」と富士本さん。カメラを見てみると、あと一枚は撮れるはずなのだが、シャッターが押せなくなっていて、フィルムの巻き上げもできなくなっている。いろいろ試してみたがやっぱり動かない。どうしようもないので、撮影は終えるしかなくなった。

慣れない人に無理やりカメラを使わせたのは私なので、富士本さんにはまったく責任はない。だが、私にそう言われたところで、「ですよね」とも言えず、かと言って謝るのもおかしいので、富士本さんは微妙な顔になっていた。丘山さんが「壊れたんですかね？」と聞いてきたので、「いや、壊れたのではなくて、巻き上げがうまくいかなくなっているだけなので、フィルムさえ取り出せばまた動くと思いますよ」と答える。富士本さんはやっぱり微妙な顔をしていて、私は申し訳ないことをしたなと思った。

「僕の撮影は終わろうと思うのですが、この後どうしますか」と訊くと、富士本さんは「金川さんが終わりでオッケーなら、こちらも終わりでオッケーです」と言った。そう言われると、なんだかこのまま終わるのはもったいないような気がしてきたので、私は父にギャラリーのなかを壁に沿って何周も歩いてもらい、それを自分のビデオカメラで撮ることにした。自分の顔の写真が展示された空間をぐるぐると周り続ける男の映像というのは、なんとなくおもしろいかもしれないという単なる思いつきだった。

ここ数年、父は左ひざの調子が悪く、立っているだけで負荷がかかり、歩くときも左足を少しかばいながら歩くようになっているのだが、それもまた映像にとってはいい効果になるのではないかと思った。「歩いているときつくなると思うけど、足をひきずりながらでも全然いいので、できるだけがんばってもらえるとありがたいです」と私は笑いながら言った。富士本さんたちも笑いながら「非道い」「鬼だ」「過酷」などと口々につぶやいた。ただ、私はそうは言いながらもそれは半分冗談で、本当に足を痛めるようなことは避けてもらいたいという私の思いは伝わっているつもりでいた。

私はギャラリー全体が見渡せる入り口にカメラをセットした。父が片足をひきずり気味にギャラリーをぐるぐる周っているところを撮影しながら、「これはやっぱり全然だめだな」と思っていた。四周ほど歩いたところで、父が「こんなもんでええか」と言ってきたので、撮影を終えることにした。

撮影を終えると、父は椅子に腰かけて顔を少ししかめながら調子の悪いほうの足をさすっていた。「え、大丈夫?」と私が驚いて言うと、「いやいや、まあ全然大丈夫や」と父は言ったが、足をずっとさすっていた。そう言えば父はこういう人だったのだと、私は改めて思った。

父は足の調子が悪くなっていたので先に帰ることになり、三人で昼食を食べるため中華屋に入った。私はこの二日間の感想を話そうとするがあまりうまく話せなかった。

「撮られていると、何か澱《よど》みのようなものが自分のなかにたまっていく感じがあります」「でも、これは自分が撮る側の人間だから意識し過ぎているだけなのかも。ただの自意識過剰というか、慣れていないだけかもしれませんね」

自分のことを撮ってくれるのはありがたいし、おもしろいことだとは思っている。ただ、未知の経験なので、びびってしまっているのだと思う。

富士本さんにこの二日間の感想を訊いてみると、富士本さんは「思うところはいろいろありましたね。いろいろありました」とだけ言って、それ以上は何も言わずしばらく沈黙が続いた。たまらず丘山さんが「それだけなの」と言った。富士本さんは「いや、本当に思うところはいろいろとあったので、それをどうお話すればいいのかまだよくわからないというか、そんなことお話しても結局同じことかなと思いまして」と言った。私が、「何でもいいので、何か言ってもらえるとありがたいです」と言うと、富士本さんは考えながらゆっくりと話し出した。

「まずはいい撮影ができたなと思いました。いいものが見れたなと思います。ただ、金川さんがお父さんを撮影しているところを見させてもらって思ったのですが、この作品、『father』

という作品のピークは過ぎたように感じました。私の興味は『father』という作品や、金川さんとお父さんの関係性ということよりも、金川さん自身に移ってきているような気がします。金川さんがこれからどんな写真家になるのかなと。まだ何者でもない金川さん自身に興味がありますね」

私も富士本さんの言っていることに概ね共感したが、それより何より、自分のことが「まだ何者でもない金川さん」と言われたことにけっこう驚いてしまっていた。言われてみると、たしかに自分はまだ何者でもないのであり、よくても、「失踪する自分の親父を撮っている人」でしかないのだ（自分も他の写真家のことを「ああ、あの○○ばっかり撮ってる人でしょ」とか言ってしまっていることを思い出した）。

「自分がどんな写真家になるのか」そんなことは私にも全然わからない。そもそもそんなことに興味をもつ人がいるのだろうか。そんなぼんやりしたものをテーマにしたらまったく見どころのない番組になってしまうのではないかと、私は心もとなくなった。

大阪から三人で東京に戻るのかと思っていたが、富士本さんと丘山さんは「京都の風景」のカットを撮るためにこれから京都駅に向かうとのこと。私は疲れていたので一人で東京に戻ることにした。

1月24日（火）

富士本さんから連絡が来た。「今度は東京での金川さんの普段の生活の様子が撮れたらと思っています。お仕事をされているところや、お家で作業をしているところなんかを見せていただくことはできますか」とのこと。自分がやっている校正の仕事の現場にカメラを入れることはできないので、それは丁重にお断りをした。自分の部屋を見られるのは恥部を見られるようで若干抵抗があったが、断るほどのことでもないので来てもらうことにした。

2月2日（木）

富士本さんたちが私の部屋にやって来た。前回のお二人に加えて、音声の森高千里さんもやって来た。森高千里というのは当然だが本名とのこと。とりあえず富士本さんたちを撮影しようとすると、富士本さんが「森高さんは写真に撮られるのが苦手だそうです」と言った。本人に理由を聞いても、「小さいころからなんとなく苦手で」と言うだけではっきりした理由があるわけではなかった。私は「そういう人はたくさんいる。自分もかつてはそうだった」と思い、森高さんを説得しようとした。

「それは思い込みだと思います。少しきつめの言葉を使うなら、惰性だと思います。人生のどこかのタイミングで一度嫌だなと思って、それがなんとなく今まで続いているだけなんだと思います」

「僕もかつてはあまり撮られるのが好きじゃなかったんです。自分の姿を見ることに抵抗がありました。でも、ここ五年ほどのあいだに、自分の姿が写真に残るというのはやっぱりいいものだなと思うようになりました。当たり前ですが、写真は撮っておかないと残らないんですよね。残っていないより、残っているほうがいいと思うんです。こんなふうに思うようになったのは年齢も関係しているかもしれませんが」

「別にわざわざ嫌がるほどのことではないと思うんです。嫌がるというか怖がるですね。怖がっているんだと思うんです、写真に撮られることを。でも、写真を撮られることは怖がるほどのことではないんです」

私の言葉に森高さんはまったく感じるものがないようだった。丘山さんはすでにカメラを回していた。私はカメラの前で写真家を演じているような気持ちになっていた。

苦笑いを浮かべながらじっと黙って聞いていた森高さんだったが、つぶやくように「でも、写真を撮られることに、何かメリットってあるんでしょうか」と言った。私はとっさに「ある」と答えた。「ある」と答えたからには何か言わなければいけないと思ったが、「写真はないよりもあったほうがいいんじゃないか」というさっきと同じ漠然とした実感を述べることしかできなかった。森高さんは抵抗するのが面倒くさくなったようで、撮影に応じてくれた。

ただ、自分一人だけで写るのは勘弁してくれと言われた。

いざ撮影をしようとすると、ペンタックス67Ⅱはフィルムの巻上げ部分が壊れていてフィルムが装填できなくなっていた。一月に富士本さんに撮影してもらったときにどうやら故障してしまったようだ。富士本さんは「私が触ると壊れるということがときどきあるんです」と言った。私は「そういうことじゃないと思いますよ」と言ったが、そういうことが起こりやすい人というのはいるのかもしれないと思った（後日、修理に出してみると経年劣化による故障だと言われた）。仕方がないので、35㎜フィルムの一眼レフで撮影した。

私の普段の作業の様子を見たいということなので、フィルムをスキャンして、データのゴミ取りをして、プリントするという一連の作業をやって見せた。とても地味な作業だ。「こんなところを撮ってどうするんだろう」と思ったが、これは私が父に繰り返し言われていることでもあった。ただ、父が口にするとき、そこには非難は含まれていない。少なくとも私はそれをまったく感じていない。今の私の思いには非難がいくらか含まれている。

富士本さんが「この前撮影させてもらって思ったことなんですが、金川さんがお父さんを撮るのは『復讐』でもあるのかなと思いました」と言った。私は富士本さんが言うことはある意味では的確だと思った（先日、展覧会に合わせてやった批評家の竹内万里子さんとのトークイベントでも「復讐」という言葉は出てきた）。でも、自分としては「復讐」ではないということはちゃんと言わないといけないと思った。

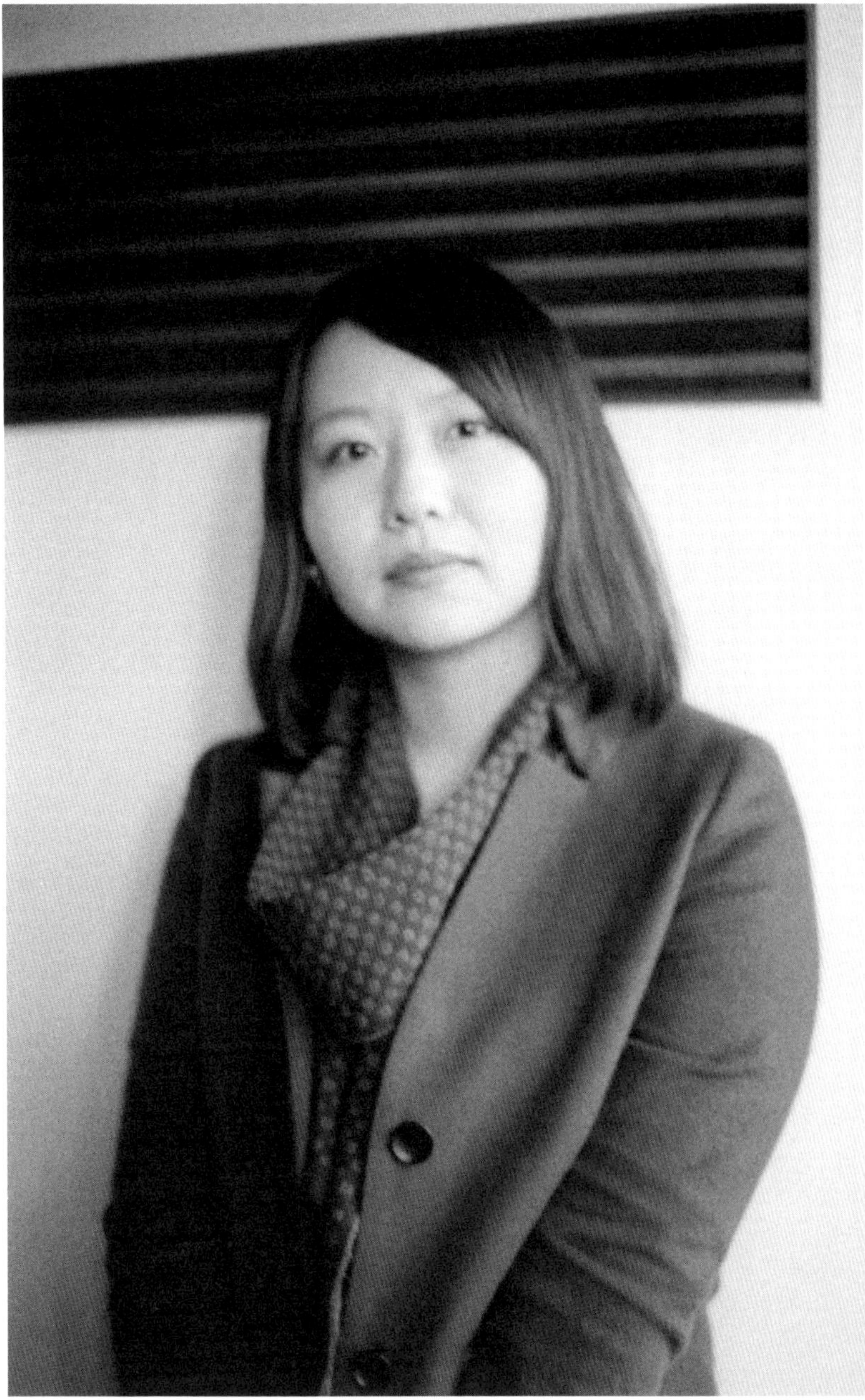

「たしかに、父を撮り始めたときにはそういうものがなかったわけではないかもしれません。ただ、今の私としては復讐ではないと思っていますし、見る人に復讐だと思われてしまってはいけないと思っています。復讐ということになってしまうと、個人的なものに還元されてしまいますが、それは私が望んでいることではないです。写真を撮るということは、自分でも何をやっているのかよくわからないようなところがあって、何かもっと開かれたものだと思っています」

自分は作品について喋り過ぎていると思った。ドキュメンタリーを撮られるというのは作品にとって過剰なことで、自分は余計なことをしているのかもしれない。

『復讐』という言葉は、金川さんが撮った写真からではなくて、この前の撮影を見せてもらったときの印象から出てきました。でも、金川さんがおっしゃっていることはわかります。一度お父様ご自身の思いもお聞きしたほうがよさそうですね」と富士本さんは言った。

「私たちだけでお父さんのところにお邪魔しても大丈夫ですか」と富士本さんが訊いてきたので、私は「全然いいですよ」と言った。ついでに「もし父の家に行くのであれば何でもいいので、できれば父だけでなく何か気になるものを適当に撮って来てください」というお願いもした。カメラはどうしようか迷ったが、カメラを預けるのも富士本さんたちの負担になってしまうので、いつも父が自撮りをしているカメラを使ってもらうことにした。

2月15日（水）

今日はまた改めて私の部屋でインタビューをしたいとのこと。先日、富士本さんたちは父の家にも行って来たらしい。そのときに撮ったフィルムを富士本さんから受け取った。

富士本さん、丘山さんに加えて、今日は蟹江可南子さんという音声さんがやってきた。蟹江さんは写真に撮られることをすんなりと了承してくれた。

今日は富士本さんのポートレートを撮るのに時間をかけた。丘山さんに比べて、富士本さんは私に撮られることに抵抗があるように見える。私も富士本さんをどういうふうに撮ればいいのか、撮りたいと思っているのか、正直よくわかっていない。とりあえず私は富士本さんをただ正面から撮ることにした。今の自分にはそれ以外に撮る方法がないような気がした。

私が富士本さんたちを撮り終えると、丘山さんはカメラを三脚で固定し、富士本さんは私にその前に座るように指示をした。いつもよりも改まった感じがあった。富士本さんは言った。

「これまでいろいろと撮影させていただいて感じるところはたくさんあったのですが、今の私の興味は、これからお父さんと金川さんの関係がどうなっていくのかということなんです。金川さんはこれからお父さんとの関係をどうしていきたいとお考えなのでしょうか。これからも写真を撮っていくとか、どういう写真を撮っていきたいかとかいうことではなくて」

「これからどうしていきたいか、写真どうこう抜きにして」

そんなこと私はこれまでちゃんと考えたことがなかった。

「写真を撮ることは続けたいと思っています。というか、父が自撮りを続けてくれているので、父がやめないかぎり、私が撮らなくても勝手に撮影は続いていくことになりますよね。自撮りは続けてほしいので、私から父に続けるように働きかけることはしていくと思いますが。でも、富士本さんが聞きたいのはそういう写真のことじゃないんですよね」

答えあぐねている私を見て、富士本さんは「では、今のお父さんとの関係をどのように感じていらっしゃいますか」と質問を変えてくれたが、それでも同じことだった。

私はそんなことをちゃんと考えたことがなかった。「そういう種類の考えるべきことがあるのだ」と、質問されることで初めて気がついた。これまでちゃんと考えたことはなかったにしろ、何か漠然と感じていることはあるはずなので、それを何とか言葉にしてみようとしたが、結局うまくいかずに、「あまり考えたことがないですね」とか「よくわからないです」とか言ってしまうことになった。

私が父を撮り始めた二〇〇八年ごろ、「何が理由で家を出たのか」「今、どういう気持ちなのか。何を考えているのか」「これからどうするつもりなのか」と問いかける私に対して、父は「わからない」「考えたことがない」「考えていない」「考えられない」を繰り返していたが、私はそのときの父の気持ちがわかるような気がした。

自分自身についてのことだけれど、考えていない、考えたことがない。だから、自分自身のことだけれども、質問されても答えられない。

「写真を撮られて、お父さんはどういうお気持ちなんでしょうね」と富士本さんは言った。そんなことは私にはわからないし、父自身もうまく答えられないだろうと思った。富士本さんは続けた。

「これまで取材させてもらって、私には撮られているときのお父さんが辛そうに見えたんですね。なので、そのことを金川さんがどう思っているのか、お聞きしたかったんです」

私はそんなふうにはまったく考えていなかった。

私は、父は撮影されることを別に嫌がってはいないだろうと漠然と思っていた（面倒くさいと思うことはあったとしても）。父が苦痛を感じていないということを前提にして、私は父の撮影を続けていた。私は富士本さんの指摘に釈然としなかったが、丘山さんに訊いてみても、「そういうふうに見える部分はありました」と言われた。

父が苦痛を感じていないからこそ、私が撮っているようなああいう写真になっていると自分では思っていた。でも、富士本さんにも丘山さんにもそう見えたのなら、そういう部分はあるのかもしれないと思った。とりあえず、もう一度みんなで京都の父の家に行って、私が父を撮影するところを富士本さんたちに見てもらって、それから改めて考えてみようということになった。

2月16日（木）

富士本さんたちだけで父の家に行ったときに撮影してもらったフィルムをスキャンしてみた。父はお客さんを迎えて若干緊張しているように見えるが、いつもとまったく変わらないようにも見える。富士本さんが撮る写真はどこか視線が定まっていないような感じがあっておもしろいと思った。

2月18日（土）

東京の街のなかを歩いている姿を撮りたいということだったので、今日は上野で撮影だった。「歩きながら写真を撮ったりしますか」と訊かれ、そういうことはほとんどしないのだが、なぜか「やらないこともないですね」と答えてしまい、歩きながらスナップショットを何枚か撮ってみせたりした。

けっこうな時間をかけてアメ横界隈を歩いているところを撮られたが、こんなところを撮ってもしょうがなんじゃないかと私はずっと思っていた。

2月19日（日）

富士本さんから「今度は金川さんがご飯を食べているところを撮りたいと思っています」

という連絡が来た。私の普段の生活を撮ろうとしてくれているのだと思ったが、あまり気乗りしなかった。ご飯を食べている姿というのは、どことなくみじめな雰囲気が出てしまうような気がした。

2月21日（火）

富士本さんと丘山さんがカメラを担いで、私の家の最寄りの本蓮沼駅まで来てくれる。駅周辺のお店で食事をするところを撮影する予定だったが、適当なお店が見つからない。私が「普段はよく富士そばに行ったりします」と言うと、富士本さんはそれに反応したが、本蓮沼には富士そばはなかったので、新宿までタクシーで移動することに。

タクシーのなかでは、丘山さんや富士本さんがカラオケで録音したというラップを聞かされた。実際に聞いてみるとラップというよりも、ユーロビートみたいなエモーショナルな四つ打ちに、酔っ払っている富士本さんのポエトリーリーディング（というかただ喋っているだけ。酔っ払うことについて何かを訴えている）が乗っかっているというものだった。丘山さんがトラックを作っていて、歌も歌っていた。甘い歌声だった。ラップと聞いて私が期待したものとはかなりちがったが、曲としての完成度は高かった。

三〇分ほどタクシーに乗って新宿に着く。立ち食い系の蕎麦屋なんていくらでもありそうだが、いざ探そうとするとなかなか見つからなくて少しうろうろした。その様子も丘山さん

'17 2 11

は撮影していた。

蕎麦屋では、丘山さんと私の二人だけでゲリラ的に撮影をした。私が食べているところを見て食べたくなったのか、丘山さんもざる蕎麦を注文した。富士本さんはそのあいだ一人で寒そうに外で待っていた。

別れ際、今度の京都での撮影の話になった。「次が最後の撮影になると思います。最後に改めて金川さんがお父さんを撮られるところをじっくり見せてもらいたいと思っています。それを見せてもらえば、何かがわかるんじゃないかなと。あと、もしできたらお二人に京都市動物園に行ってもらいたいと思っています」と富士本さんは言った。

私はなぜ京都市動物園が出てきたのかよくわからなかった。理由を尋ねると、「この前お父さんに、『金川さんとの思い出って何かありますか』とお聞きしたら、『京都市動物園に行ったことかな』とおっしゃっていたので、改めて行っていただこうかなと思いまして」と言った。


私はたしかに父と京都市動物園に行ったことはあるが、それはつい三、四年前のことだった。そのころ私は、蒸発癖のある男を父に演じてもらって劇映画を撮ろうとしていて、その映画の撮影のために父と一緒に京都市動物園に行ったことがあったのだ（その映画は完成していない。というかほとんど編集すらしていない。動物をじっと見ている父の断片的な映像がたくさん残っている)。その数年前の印象があるから、父は「京都市動物園」と言っているだけなのではないのかと私は思った。富士本さんが考えていた「思い出」というのは、そういう簡単に思い出せる思い出ではなくて、私と父とのつながりを象徴するような昔の特別な思い出ではないのか。

「僕は京都市動物園に対しては何の思い入れもないんですが。子どものころに父に連れて行ってもらったという記憶もないですし。数年前に撮影のために行ったことはあるので、父はそのことを言っているだけじゃないかと思うのですが」

そう聞かされた富士本さんの表情を見ると自信をなくしているのがわかったが、「いや、でもお父さんは子どものときにも連れて行ったとおっしゃっていましたよ」と富士本さんは言った。そう言われると自分が覚えていないだけなのかもしれない気がしてきた。私も記憶にはまったく自信がない。

私は不安を覚えたが、自分は被写体であって演出するのは富士本さんなので、それ以上は何も言わないようにした。富士本さんが作ろうとしているこのドキュメンタリー番組も、『father』という作品の一部のような気がしているので、私はつい口を出してしまいたくなる。でも、そんなことをするのは余計なことで、他人が自分のことを撮ろうとしているのだから、その人に身を委ねるべきなのだ。

2月24日（金）

向日町駅に一〇時に待ち合わせ。富士本さんはいなくて、丘山さんだけだった。「富士本はお父さんの家に先に行って準備をしています」とのこと。もうすっかり富士本さんと父は慣れた関係になっているのだろう。

今日も前回と同じく改札を通るところから撮影がはじまった。もう何度もこの撮影を繰り返しているような気がした。山崎駅からはタクシーで向かい、父の家から少し離れたところで車を降りた。少し打ち合わせをして、私が歩いて父の家に向かうところから撮影を始める。私は「おはようございます」と言って、鍵のかかっていない父の家のなかに入った。カメラはもう一台すでに父の家のなかにあって私を正面から迎えた。父も「おはようさんです」と言ってカメラと一緒に私を迎えた。

「今日は金川さんがお父様を撮影するところをじっくり見させてもらうために来たので、こちらのことは気にせず心置きなく撮影していただければ」と富士本さんは言った。富士本さんにはそんな意図はなかったと思うが、私はその言葉に何か挑発的なものを感じ、それに応えようと思った。

集中して、ワンカットずつ、丁寧に撮っていった。こんなに集中して父を撮ったのはひさしぶりだった。テレビでは国会中継をやっていて、安倍晋三が森友学園について何か喋っているのが聞こえていた。富士本さんたちも集中して見ていることが伝わってきた。

しばらく撮ったあと、「国会の映像や音声が流れていたら、番組では使いづらいかもしれない」と勝手に気を利かせ、テレビを消して撮影を続けた。父は私に言われるがままに動き、ポーズをとった。撮ろうと思えばいくらでも撮れるけど、撮れば撮るほどフィルム代がかかるので、これ以上撮ってもそんなに変わらないだろうと思ったところで撮影はやめにした。本当は、一〇枚撮りのフィルムの三本目、二五枚ぐらい撮ったときにもういいかなと思ったが、とりあえず三本目の一〇枚を撮り切ってから撮影を終えた。

撮影を終えると、富士本さんは「すごいよかったです」「見れてよかったです」と繰り返し言った。こうやってちゃんと撮影しているところを見せればよかったのだと今さらながら思った。

出来上がった写真は悪くはなかった。だが、父を撮り始めたころにはあった、父の写真を撮る必然性のようなものが、今はなくなっている、あるいは何か別のものになっているような気がした。今の写真には、あえて誰かに見せるだけの何かがあるようには思えない。しかし、だからと言って撮影をやめようとも思わない。時間が経てば、これらの写真がもつ意味というか見え方も変わってくるんじゃないかと私は思っている。それがどういう変化なのかはまだよくわからない。

今日の私の撮影を見た富士本さんはとても満足をしたようで、父や私に何か話を聞くこと

もなく早々に帰ろうとした。そんな富士本さんを丘山さんは「こういうときは、今日の撮影の感想とかを訊くもんじゃないの？」と咎めた。富士本さんは「もう別に話を聞いても一緒かなと思って」と言った。私もとくに話すことはなかったのでインタビューがなかったのはありがたかった。

今回の京都での撮影にやって来たのはまた新たな音声さんで、名前を日暮多佳子さんと言った。日暮さんも写真を撮られることはすんなり了承してくれた。富士本さんたちが事前に説明をしてくれていたのかもしれない。

2月25日（土）

朝、父と一緒にタクシーに乗り合わせ、京都市動物園まで向かった。天気も快晴で、市内をタクシーで走るのは気持ちよかった。

動物園は土曜日ということもあってか、小さな子どもを連れている人たちがたくさん来ていた。私たちのように六四歳の父親と三六歳の息子の二人で来ているような人たちは他に見当たらなかった。

富士本さんはとくに具体的な指示をするでもなく、「お二人で自由に動物を見ながら、撮影をしていただけたら」と言った。

とりあえず父と一緒に動物を見てまわったが、いい年をした親子が二人で動物園にいるということが、私にはなんだか気持ちが悪かった。父を撮る気にもなかなかなれなかった。園内を歩いてみても、保育園や小学校のころに遠足で来たことはなんとなく思い出すのだが、父と来たことはやっぱりまったく思い出せない。とりあえず象やキリンやライオンと父を並べて撮ったりしてみた。

父は動物の厩舎の前にある解説パネルひとつひとつに目を通していた。たまになにやらブツブツとつぶやいている。「絶滅危機の動物、けっこう多いな」と言って父は笑った。父はひさしぶりの動物園をそれなりに楽しんでいるように見えた。楽しそうにしている父はなおさら撮る気にならなかった。

私は全然楽しくなかった。なぜ、今、自分は、まわりの他の男たちと同じように、妻や子どもと一緒ではないのか。なぜ、いまだに息子としてこの場にいるのか。私はいたたまれない気持ちになっていた。

自分と他人を比べるなんて馬鹿げたことだということはわかっているつもりだった。もし自分が実際に「家庭」をもち、休日に動物園に連れて行かないといけなくなると、私はおそらくひどく面倒くさいと感じてしまうだろうということ。そして、そういう人間だからこそ今のこの現状もあるのだということ。それも自分ではわかっているつもりなのだが、どうしても他人を羨む気持ちが抑えきれなかった。私も自分の愛する妻や子どもと一緒にいたいと思った。実際には愛する妻も子どもも、彼女と呼べる人さえもいないのだが。

結婚したいと思うことや子どもが欲しいと思うことと父を撮ることは本当はまったく何の関係もないことなのだが、私は父を撮るモチベーションを維持することができなくなっていた。一〇枚撮りのフィルム二本目の途中で、私は撮影をやめてしまった。

私は富士本さんに尋ねた。

「僕としてはもうこれ以上撮る気にはならないのですが。このあとはどうしますか」。それに対し、富士本さんはあっさりと「金川さんがオッケーなら、こちらとしてはもう大丈夫です」と答えた。そもそも動物園に来ることはまったく私の意向ではなかったので、自分としてはオッケーも何もなかった。富士本さんたちとの撮影もこれが最後だと思うと、私としてはこのままあっさり帰りたくはなかったので、記念写真的な集合写真をいろいろと撮ることにした。

撮影が終わって動物園を出ようとしたときはちょうどお昼時だった。打ち上げも兼ねてみんなで食事でも行けたらと私は思ったが、富士本さんたちは動物園に残ってもう少し撮影をし、さらにその後は京都の風景の撮影をするとのことだった。あっさり断られて私は寂しい気持ちになった。富士本さんたちがここにいるのは仕事のためだったのだと、今さらながら気づかされた。別れ際、富士本さんと丘山さんは父に何度もお礼を言っていた。

帰りのタクシーのなか、私は父に今日の撮影について「やっぱり危惧していたとおりのよくわからない撮影だった」と愚痴を言った。それに対して、父は「ひさしぶりに動物園にいけてよかったけどな」と特に不満をもらすでもなかった。この二か月間にわたる撮影の感想を父に訊いてみると、「やっぱり撮られるのは緊張するし疲れるな」と言った。

私が「でも別に嫌というわけではないやんな」と訊くと、「まあ別に嫌というわけではないけどな。ふじもっちゃんやおかちゃんたちもよくしてくれたし」と言った。「おとんはけっこう楽しんでもいるんかなと思ってたんやけど」と私が言うと、父は「まあな」と答えたが、それ以上はとくに何も言わなかった。

私は撮影が終わってほっとする部分もあったが、物足りないようなさびしいような気持ちにもなっていた。とりあえず撮影の打ち上げとしてみんなで飲みに行きたいと思った。

4月22日（土）

テレビでの放送は見逃したので、富士本さんが送ってくれたＤＶＤで番組を見た。一人で見るのは怖かったので友人を呼んで一緒に見ることにした。

番組はナレーションや派手な音楽をつけることをせず、映像を淡々とつないでいくような抑制されたものになっていた。父や私のことを説明したり、解釈したり、意味づけたりすることをできるだけ回避しようという作り手の意志が感じられた。私の作品のことをまったく知らずにこの番組を見た人は、なんだかよくわからないままに番組が始まり、なんだかよく

EOS
RAPA NUI
NASA

わからないままに番組が終わってしまうのではないかと思った。でもそれは私としてはありがたいことだった。私自身、私が父を撮っていることや父が自撮りを続けていることが一体何であるのかは、よくわかっていない部分が多分にある。

丘山さんのカメラワークがとてもよかった。父が布団で目覚め、カーテンを開け、隣の部屋で体重を測り、コンパクトのフィルムカメラで自撮りをするところまでをワンカットで撮ったシーンがとくによかった。

このシーンを撮るために、富士本さんたちと父が撮影の段取りを打ち合わせして、撮り直しも何回かしたであろうことが想像できた。そしてそれは、私が父を撮るときにやっていることでもあった。富士本さんと丘山さんが撮ったこのシーンは私が撮りたかったものであり、父の存在が媒介となって、私と富士本さんや丘山さんとのあいだで何かが伝播されたのだと、そんなことを勝手に考えたりもした。

そのワンカットのシーンのあいだに「父」、「金川優　64歳」、「離婚後、京都で一人暮らし」、「無職」というテロップが間を置きながらひとつずつ浮かんでは消えていくのだが、そのテロップもワンカットの持続した時間とあいまって妙な間を作り出していておもしろかった。テロップを使うにしても、接続詞を使わずに断片的な事実だけを並べることでこういう効果が生まれるのかと感心した。

私は不在で、父だけが取材されているところを見られたのもよかった。父が私の子ども時代の写真を見ながら、「わりと静かな子やった」と評する場面があり、それが私にはとても新鮮だった。

父が私のことをどういう子どもだと思っていたのか、そんなことを私はこれまで父から聞いたことがなく、尋ねたこともなかった。気にしたことがなかったのだと思う。母からは私が子どもだったころの話はよく聞かされていて、その話から自分はどちらかというと活発な子どもだったと思い込んでいた。「わりと静かな子やった」という父のぼんやりした言葉は(それがぼんやりした言葉だからこそ余計になのかもしれないが)、私の自己認識にゆさぶりをかけると同時に、自分のことを受容するうえで役立つ何かを私に与えた。

上野や新宿の街のなかを私が歩いているところをスローモーションにしたシーンが思いのほか多用されていたが(蕎麦屋のシーンも使われていた)、私はこれらのシーンはいらなかったんじゃないかとやっぱり思った。動物園のシーンは丸ごとカットされていて、影もかたちもなかった。それはとても賢明な判断だと思った。

父に電話をして番組の感想を訊いてみると、「感想というほどではないけど、なんかちょっと思ってたのとちがったわ。なんかえらいあっさりしてたな」と言った。「でも、いい番組やったよね」と私が言うと、「せやな。よかったと思うよ」と言った。飲み仲間からテレビに出ていたことについて何か言われなかったか訊いてみると、今のところ何の反応もないとのこと。テレビ、それもEテレとはいえNHKの二〇時からのドキュメンタリー番組に出たら、反響もそれなりにあって父自身の生活にも何か影響が出るのかもしれないと私は少し心配していたが、そんなことはまったくないようだった。そして、それは私にとっても同じで、この放送の影響で写真集がたくさん売れたりするかと思ったがそういうことはなかった。

ＮＨＫに取材され、自分についての番組が放送されたことを父がどう思っているのか、本当のところはよくわからない。テレビで「離婚後、京都で一人暮らし」「無職」とか言われるのは、やっぱり気分のいいものではないだろう。これまでにも、自分のことが写真集になることや、マスコミに取材されることについてどう思うのか、何度か父に訊いてみたことがあったが、「まあたしかにそんなにうれしくはないけどな」「ただ、それはほんまのことやし、隠してもしょうがないしな」「お前がやりたいならやったらいいんとちがうか」と言うだけで、それ以上のことは父の口からは出てこなかった。

かつてはその言葉の奥にあるものは何なのか考えたこともあったが、そんなことを考えてもしょうがないのだろうと思うようになった。「そんなにうれしくはない」のかもしれないが、すごく嫌がっているわけではなく、ともすると楽しんでいるようにさえ私には見えるので、自然とあまり考えなくなった。そして今回のことを経て、その思いはより強まった。もうわざわざ「本当はどう思っているのか」と父に訊こうとは思わない。

8月22日（火）

待ち合わせ時間の一九時半に渋谷の居酒屋「酒処十徳」に行くと、富士本さん、丘山さん、そして番組のデスクをしているという峰田さんはもう店内で座って待っていた。峰田さんとは初対面なので簡単に挨拶を交わす。デスクというのは機材の手配などのもろもろの雑務をこなす仕事なのだが、今回の番組の編集の手伝いも少ししてくれたとのこと。

「お会いできてうれしいですが、初めてお会いするような気がしないです」と峰田さんは言った。峰田さんも全然業界人っぽくなく、仕事帰りの公務員という感じだった。というか今回のNHKの人たちだけでなく、自分がこれまで出会ったテレビ業界の人たちで、業界人っぽいと思った人はいないので、自分のイメージがおそらくまちがっているのだろう。

富士本さんや丘山さんとも会うのは撮影以来だった。ひさしぶりに会えたのはうれしかったが、この会わなかった数か月のあいだ、自分は一方的に富士本さんや丘山さんのことを文章に書いていたので、二人の顔を直視しづらくもあった。お酒を頼んでいると、音声さんの蟹江さんと日暮さんもやって来た。二人とも大きなリュックを背負っていて、おそらく現場帰りなのだろうと思った。

全員がそろったので乾杯をして飲み始めると、富士本さんが携帯を取り出し、「森高さんから伝言を預かっているのでちょっと読みますね」と言った。

「今日は打ち上げに行けなくて本当に残念です。金川さんには撮影中大変失礼なことを言って申し訳ありませんでした。金川さんの今後の益々のご活躍を祈念いたします」

その伝言を聞いた丘山さん、蟹江さん、日暮さんたちは「絶対適当」「絶対そんなこと思っていない」と口々に文句を言って盛り上がっていた。

この場面については、富士本さんと丘山さんとのあいだでもひと悶着があったらしかった。撮影が終わって私と別れてから、丘山さんがその日の感想として「森高と金川さんのやり取りがよかった」ということを富士本さんに伝えると、富士本さんは「私はそれほどでもなかった」と答えたので、丘山さんは「あれをおもしろがれないのは制作者としてちょっとどうかと思う」という具合に言い返し、そこから番組の制作方針についてまで言い合うような議論に発展することがあったそうだ。

だが、その日撮った映像を後で見てみると、私と森高さんが言い合いをしている最中、丘山さんは私たちにはカメラを向けておらず、部屋に置いてあった首のない仏像や部屋の隅っこの埃などが撮影されていたらしい。

丘山さんは私の晶文社での連載を読んでくれていて「とてもおもしろく読ませてもらっています。私たちのことは全然気にせず、あることないことおもしろく書いてください」と言ってくれた。富士本さんも「うんうんうん」とうなずきながら、「書いてください」と言った。私はとてもありがたいと思った。ないことは書いていないつもりだったが、書いているうちに実際の富士本さんや丘山さんとは別の何かになっていくような不安があり、またその一方で実際のことを書いていることへの不安(書かれた人が実際に何らかのデメリットを被ってしまうのではないか、気分を害しているのではないか、等々)もあったので、私は富士本さんや丘山さんがどう思っているのかがずっと気になっていた。

丘山さんは連載第一回の冒頭部分、富士本さんから取材の依頼を受けて、私が「富士本さんは福祉関係の番組を担当しているらしい。「福祉」という言葉にもまた少し不安を感じたが、自分の作品が「福祉」という領域で語られるのは真っ当であるというか、適切なことでもあるような気がした」と書いていたことに対して、ひっかかりというか、何か思うところがあったらしく、その部分について私の思いをもう少し詳しく聞かせてもらいたいと言ってきた。私はこの丘山さんの問いかけには自分にとっても何か重要なことが含まれていると思ったので、ちゃんと答えたいと思った。

あれを書いたときには、書いた以上のことはとくに思っていなかったというか、この『father』という作品は写真や美術などの表現の領域だけではなく、いろんな領域で語ることができるものだと思っていたので、福祉という領域から興味をもってもらえたのはうれしかったし、自然なことだと思った。

ただそうは言っても、福祉の領域で語られるときに、父の蒸発や借金という部分が社会的な問題としてクローズアップされてしまうことに対する不安が一方ではあったのだが、実際に富士本さんに会っていくなかで、この人は父のことを問題だとは思っていない、この人はもっと別の部分で私や父やこの『father』という作品をおもしろがってくれているのだろうと思えるようになったのだった。富士本さんへの期待というか信頼感のようなものがどこかで生まれてきていたので、私はあんなふうに書くことができたのだと思う。

実際に番組として放送されたものは、何か特別な能力を持った表現者としての写真家の存在がまず前提とされていて、その写真家がどのような点において特別であるのかを語っていくような表現者ありきの番組ではなく、かと言って被写体となっている父の蒸発や借金などを社会的な問題として取り上げるのでもない、これが一体何についての番組なのかはっきりしないものになっていた。私はそれが本当によかったと思っている。

そして、こういうことが可能になったのは、いわゆる表現や表現者を取り上げるための番組ではなく、福祉番組という枠組みのなかにおいて、福祉という言葉をより広い意味でとらえなおすことのできる制作者によってつくられたからだと思っていて、そういう意味において、福祉番組で取り上げてもらえてよかったと自分は思っている。

以上のようなことを私はなんとか言葉にしようとした。

だが、もうだいぶ酔っ払っていたこともあって考えはまとまらず、はっきりしないことを酒の勢いにまかせてダラダラと喋り続けることになってしまった。同じく酔っ払っている丘山さんは「わかる、わかりますよ」と相槌を打ちながら、私の話を辛抱強く聞いてくれていたのだが、「いや、でも金川さんには本当はもっと別の思いがあるんじゃないかと、俺は思っていますけどね」と最後につぶやいたのだった。「どういうことですか」と訊き返すと、丘山さんは「金川さんにはもっと野心があるんだと思うんです。その野心にもっと忠実になるべきだと俺は思うんです」と言った。

私は何か言い当てられたような気持ちになり、「俺の野心って何ですか」と訊き返したが、丘山さんは「それは自分で考えなきゃだめよ」と優しい口調で私を諭した。丘山さんは酔っ払ってくると喋り方が優しくなるというか女性的になることがよくあるらしかった。

実際に取材を受けているあいだは、富士本さんたちと私とのあいだには撮影者と被写体という関係性ゆえの越えられない溝のようなものがあり、富士本さんたちがどういうテンションで撮影をおこなっていたのかいまいちよくわからなかったのだが、この飲み会でいろいろと後日談を聞くことができたのがよかった。富士本さんたちは京都のロケのあいだ、お寺を見に行ったり焼き肉を食べたり銭湯に入り浸ったり、旅行気分を楽しんでもいたらしかった。そして、私のいないところでは、当たり前と言えば当たり前なのだが、私のことや父のことについて繰り返し話し合っていたらしかった。

また、丘山さんはロケのあいだ、富士本さんがその日の撮影の狙いや目的などを私や父に対してあまり説明をしないことや、その日の撮影の感想を伝えたりしないことに、ずっとやきもきしていたという話もしてくれた。私にはそれがよくわかっていなかったので、富士本さんの説明のしなさ具合には違和感や不安をたびたび覚えていたが、他との比較のしようもないので、そういうものなのだろうと思っていた。「他のディレクターはあんなんじゃない」と聞いて私はホッとしたというか、腑に落ちたのだが、そんな富士本さんだから、ああいう番組を作ることができたのだろうとも思った。

「やっぱり意識的に説明しなかったり、感想を伝えないようにしてるんですか」と私が訊くと、「いや、そうしないようにしているというよりも、何て言ったらいいのかがよくわからないんですよね」と富士本さんは言った。私も撮影をするときに自分がこれから何をやろうとしているのかあまりわかっていないことが多々あるので、富士本さんの気持ちはわかる気がした。酔っ払ってご機嫌になっていたせいもあると思うが、富士本さんはさらに言葉を続け、「というか私、基本的にあんまり何も考えていないんですね」と言った。私も「自分は何も考えていない」と口にしてしまうことは多々あるので、「何も考えていない」と言ったからといって、その人が本当にまったく何も考えていないわけではないということ、頭のなかが空っぽになっているのではないということはわかってはいるのだが、富士本さんの口から出てくると何か凄みのようなものを感じた。

二二時過ぎに店を出た。もう一軒行ける時間ではあったが、丘山さんは明日も仕事で早いらしく、他の人たちも明日は仕事なので、自然とそのまま解散になった。私は本当はもう少し一緒にいたかった。飲み会の終わりはどうしても名残惜しくなるので、「また飲みに行きましょう」「また展覧会に来てください」「また連絡します」と「また」という言葉が飛び交っていた。

私はかなり酔っ払っていた。

まっすぐ家には帰りたくない気分だったので、前から気になっていたお店に行ってみようと、代々木公園のほうに向かってフラフラと歩きだした。

私はイヤフォンで音楽を聴き、目の焦点が合わないようにして自分の意識をぼんやりとさせていた。渋谷の街には光り輝くたくさんの看板があった。多種多様なサービスを提供してくれる店が並んでいて、一体どういうサービスを提供してくれるのか、看板だけでは理解しきれないものもあった。私は店の前を通り過ぎるとき、そのなかにいるお客や従業員たちに思いを馳せた。

今まさにそれぞれの店のなかではそれぞれのサービスが提供されている。そして、その店のなかにいるお客が他ならぬ自分であっても全然いいのかもしれない。さっきまで富士本さんたちと飲んでいたのに、数分後には雑居ビルの薄暗い部屋のベッドで横になっている自分がいる。そういうことが自分にも起こりうるのだ。そんなことを思いながら歩いていると、吉本興業の劇場の前の角を曲がって来る丘山さんに出くわした。丘山さんはお札数枚を財布のなかにしまいながら歩いていた。

私は何か見てはいけないものを見てしまったような気がした。丘山さんに「何をしているのですか」と訊かれたら、なんて答えればいいのだろうとも思った。

私はそのまま気づかないふりして通り過ぎようとしたが、顔を上げた丘山さんと目が合ってしまった。丘山さんは私のことがすぐには認識できなかったのか、ほんの一瞬だが私の顔をじっと見たあとに、「ああ、金川さん。今日は本当にありがとうございました。こんなところでまたお会いするなんて」と言った。丘山さんもまだだいぶ酒が残っているようだった。

「仕事のことで忘れ物をして、NHKに戻っていたんです」そう言いながら、丘山さんはカードを財布にしまおうとしていたが、私の顔を見て話をしていたため手元がおぼつかなく、逆に財布の中のカードをボロボロと地面に落としてしまった。丘山さんはカードを拾いながら「ほんと、だらしがなくて、すいません」と言った。その顔は笑っていた。

私は丘山さんのことをだらしがないと思ったことはそれまで一度もなかった。丘山さんの言い方には、自分のだらしなさと長年付き合ってきたこと、そしてこれからも付き合っていかなければならないことに対するうんざりとした気持ちと、このだらしなさこそが自分なのだというあきらめが含まれているような気がして、私は丘山さんに強いシンパシーを感じた。

「それじゃあもう少し飲みますかと言いたいんですが、別の呼び出しがあってこれからそっちに行かないといけないんです」と言いながら、丘山さんは再びカードをボロボロと落とした。丘山さんは今度は「はははははは」と声を出して笑った。そして、「ほんと、すいません」

と言って再びカードを拾い始めた。私はカードを拾っている丘山さんにじっと見入ってしまった。

「金川さんはこれからどうするんですか」とカードを拾い終わった丘山さんに訊かれたので、「行ってみたいお店があったので、そこに行ってみようと思っています」と答えると、丘山さんはまたもや私の顔をじっくりと見て、「もしも早くに用事が済んだら、そっちに行ってもいいですか」と言った。

終電では帰るつもりなのでそんなに長くいることはできないですが、もし来れそうならぜひ連絡くださいと言って、私は丘山さんと別れた。目当ての店はその日は弾き語りライブをやっていてなかに入りにくかったので、私は来た道を引き返して家に帰ることにした。

10

父の写真。

そこに何が写っているのかをちゃんと見ればわかることだが、私が撮った父の写真を「失踪する父を撮った写真」として語るのは、実はあまり適当ではない。

写真には、部屋のなかや公園などにいる父の姿が写されているだけで、私は父が実際に失踪しているところを撮影しているわけではない。また、私が父の撮影を始めて以後、父が実際に失踪をしたのはその翌年の一回だけで、それから現在までの一〇年以上のあいだは一度も失踪していない。なので、「失踪する」という言葉をまるで父の性質をあらわす形容詞のように使うのも本当は適当ではない。父が私に撮られることを受け入れてカメラの前にこのようにしているということ。そのことが私が父の写真を撮るときに撮るべきことだったのであり、父の写真を見るときに見るべきことなのである。

被写体が撮られることを受け入れてカメラの前にいるなんて、そんなこと当たり前と言えば当たり前のことだ。だが、そういう当たり前すぎて逆にどう言えばいいのかよくわからなくなるようなことを改めてもう一度言うというか、そういうことをイメージとして差し出すのが写真というものだと私は思っている（あるいは「そういうことがイメージとしてあらわれる」と言うべきか。写真のことを話そうとすると、何を主語にするのか、どういう述語を使えばいいのか、能動なのか受け身なのか、そういうことがよくわからなくなる）。

本や展覧会で私が撮った父の写真を見る人は、「失踪する父」という言葉を受け取りながらも、その人がちゃんとそこに写っている写真を何枚も見続けることになる。「失踪している父」を見るのではなくて「（失踪せずに）カメラの前にいる父」を見るのであり、その父が「このようにしている」ということを、「このように」とか「こういうふうに」としか言いようのないその人のありようを見るのである。

私は写真にはその人のありようが写ると思っている。

このありようという言葉は、姿勢や態度という言葉に言い換えることもできなくはないが、それだと意識的なものや自覚的なものをあらわすニュアンスが強くなってしまい、その人の内側にすでにある何かの反映として外側にあらわれてくるものを指すかのようになってしまう。また、生き様という言葉に言い換えることもできなくはないが、それだとそれまでの時間の積み重ねが強調されてしまう。その人の内面の反映として外側にあらわれてくるものではなく、その都度その都度、その人自身に意識されていないものも含めて外側にあらわれているもののことを言いたくて、私は普段はあまり使わない「ありよう」という言葉を使っている。

私が撮った父の写真において、「失踪」という言葉は写真に写っている父のありようを見るときのきっかけ、あるいは脚注のようなものに過ぎない。失踪ということがまずあって、そのことについて何かをあらわすために写真があるのではない。まずカメラの前に父がいて、そのことが写真には写っている。こういうことをこれまで私自身がどこまでわかってやっていたか。まったくわかっていなかったわけではないが、本を出版してしばらく経ってやっとちゃんとわかってきたというのが本当のところだろう。


父は失踪をしていないここ一〇年以上のあいだ、私から頼まれた自撮りを撮り続けている。二〇〇九年四月からはじまり、現在ではその枚数は三〇〇〇枚以上に達している。

自撮りを頼んだときには、私のなかに何か明確な意図や狙いがあったわけではなかった。ただ、失踪するかもしれない人が毎日自撮りをすればおもしろいかもしれないとは思っていた。

私が父に自撮りを頼んだのは、「頼めばやってくれるだろう」と思ったからだった。そういう信頼が私たちのあいだにはある。ただ、ここで言う信頼というのは「何があっても裏切らない」とか、そういうことではない。そういう強く固いものではなくて、もっとぼんやりしたもの、基本的には相手のことを大切にしたいと思っていることを、おたがいがなんとなく無自覚に前提としているという、そういうものである。それは絶対に相手のことを大切にしないといけないということではなく、もちろんそうできないこともあるだろうし、できないことを互いに許容し合うような適当さを伴うものである。「裏切る」という言葉が私はとても苦手だ。

頼めばやってくれるという信頼は、私たちが親子であるということから来ていると思うが、私たちが親子であるということは、私たちが血がつながっているということから来ているのではないと思う。血がつながっているということ自体が私たちの関係にどういう作用を及ぼしているのか、私にはよくわからない。「血がつながっている人たちは、本質的な部分において何か同じものを共有している」という考え方、「血には抗えない」みたいな考え方があるのはわかるし、そこには何らかの真実が含まれていることもあるのだろうとは思うが、私にはいまいちリアリティが感じられない。そういう考え方はあまり好きになれない。

自分たちが親子であるという感覚がどこから来ているのかなんてはっきりと言い切れるものではないが、少なくとも私には「血がつながっている」なんてことよりも、長い時間を一緒に過ごしていたことのほうが大きな意味をもっている。自分たちが親子であるという感覚は、長い時間一緒にいるという具体的な経験のなかで、次第に形成されていったものだと思う。

CONTAX

私には「血」なんてことに大きな意味を見いだそうとするのは、なんだかおかしなことに思われる。「血がつながっている」という事実は、それ以上でもそれ以下でもないと思う。「血がつながっている」という言葉で表現される事実は、実際のところはたしかめようがないこと、DNA鑑定という方法もあるのだろうけど、わざわざそんなことをしないとたしかめようがない、地盤がゆるゆるな曖昧なことだ。実際のところは意味があるのかないのかよくわからないようなことを意味ありげにするために、「血」なんていう仰々しい言葉が使われているのではないかと私は訝しんでいる。親子であるとか兄弟姉妹であるということが、「血」という言葉で表現されることに私は違和感を覚える。

私は父と自分の見た目が似ていると思う。

でも、この「似ている」ということから、「ああ、やっぱり自分と父は同じ血が流れているんだな」とはならない。父と自分が似ていると思ったときに私が感じるのは必然性ではなくてむしろ偶然性だ。

他の誰かではなくて、目の前にいるこの人間が自分の父親であるということはたまたまであり、なぜそうなのかは説明できない。父と自分が一緒に写っている写真を見ているときには、自分の隣に写っている自分に似ている人が、なぜか自分の父親なのだということ、その説明のできなさ、無根拠さや無意味さのほうが前面にせり出してくる。似ているというのは不気味なことだと私は思う。

『father』という作品に対して「父という鏡を通して自己を見つめている」みたいに言う人がいるが、私はいまいち釈然としない。そのとき鏡という言葉がどういう意味で使われているのかが気になる。親子である＝血がつながっている＝内的なつながりがあるということが無条件に前提とされているとしたら、必ずしもそうではない、そんなことはたまたまだと言いたくなる。

身近にいた人間のことを理解すること、つまり、自分がどういう人間のそばにいたのかを理解することを通して、自分のことを理解する。そういう順番ならわかる。ただ、そのとき、自分の身近にいた人が「血がつながっている」かどうかは本質的な問題ではないのではないか。

血縁関係にある人たちを見て、「やっぱり似てるよね」とか言いたくなる気持ちはわかる。親子でも、そこに過剰に、あるいは無条件に意味を見いだすことはやっぱりどうかと思う。親や兄弟姉妹だからって、似ていない人たちもたくさんいる。母親に似ている人もいれば、父親に似ている人もいるし、両親ともにまったく似ていない人もいる。認識する側がそこに類似点を見いだそうとすれば、どんなものにだって類似点は見つけ出すことができる。似ているかどうかなんてことは曖昧なことであり、たまたま起こることであり、変化することだ。

私は、父と自分が似ていると感じたとしても、だからと言って、自分の内側の奥深く、見えない所に父と同じものがあると感じるわけではない。外側、表面にたまたま同じような現象があらわれている、そんな感じがする。そんなふうに感じるのは、私が写真を撮っているからこそなのかもしれないが。

私が父に自撮りをたのむときに、デジタルカメラや携帯電話に付属しているカメラではなくてフィルムカメラを使うようにたのんだのは、撮ったものをその場で見れないようにしたいと思ったからだった。撮り終えたフィルムは私が受け取って、私がカメラ屋に現像に出して私がプリントをした。この自撮りの撮影は二〇〇九年の四月からはじまっているが、二〇一六年二月に本が出版されるまで、父は自分では一枚も見ずにこの自撮りを続けた。

私は父が見たいと言えば写真を見せてもいいと思っていたが、父がそう言ってくることはなかった。おそらく父はまったくの無関心だったわけではなくて、私に余計な手間を取らせることを遠慮していたのかもしれない。息子にたのまれて自撮りを撮り続ける（しかも最初の七年間は自分では一枚も見ずに撮り続ける）ということをどのように考えればいいのか、この自撮りが一体何であるのか、この写真のかたまりからどのような意味を取り出せばいいのか、私はまだよくわかっていない。

ひとつには、この自撮り写真を「父の変化の記録」として見ることはできると思う。写真家の土田ヒロミさんが毎日自分の顔を三〇年以上にわたって撮り続けている作品があるが、あの作品などは作家による自身の変化の記録として理解することはできるだろう。父の自撮りも土田さんの作品と同じように「変化の記録」として理解することは当然できるわけだが、私としてはそういうふうに理解してしまいたくないという気持ちがある。

私が父の写真を撮ることを通して感じていることは、写真という場においては、父という人間のその都度その都度の個別具体性が前景化してくるということだ。写真という場においては、父は毎回ちがうものとしてあらわれてくる。まったく同じ父の写真を撮ることはできない。写真は、さっきの父と今の父が同じではないということをひたすら提示してくるのである。

写真は「ほら、これです」「この通りです」と言うだけで、それ以外のことは何も言わない、幼児が何かを指さして「ター、ダー、サー」と言う、その身振りとほとんど同じものなのだ、とロラン・バルトは言っているが、それは本当にそうだと思う。父の自撮りが何千枚と並んだとしても、写真一枚一枚は、ひたすら「こうです」「こうなっています」「この通りです」と言っているだけなのだ。

父の自撮りを見ている私たちは、二枚の写真を取り出し、「こうです」と「こうです」とを見比べ、そこに変化というものを見いだすことによって何らかの「意味」を手に入れようとする。ただ、実際のところ、写真自体はひたすら「こうです」「こうです」と言っているだけで、「こんなに変化していますよ」とは言っていない。

私は父の自撮りに変化を見いだすべきではないと言いたいわけではなく、この写真は当然そう見るべきものだとも思う。でも、それだけではなく、それと同時に、私は、父の自撮りがひたすら言い続けている「こうです」「こうです」「こうです」にも留まっていたいと思う。それが父の自撮りに対するひとつの倫理的な態度なのだと私は思っている。


膨大な量の父の自撮り写真を見た人が、そこに息子に対する父親の愛情を見て取ることがよくある。そう思いたくなる人の気持ちはわかるが、当の私はこの写真を私のために撮られた写真だとはそれほど思っていない。思っていないというか、思わずにすんでいる。私と父が親子だからこのような撮影が可能になっているのはまちがいないのだが、不思議と（なのかどうかもよくわからないが）「息子のために」という圧を感じずにすんでいる。

この自撮り写真には父のそういうありようがあらわれていると私は思っている。ちゃんとレンズを見ているにもかかわらず、その視線がどこに向かっているのかははっきりとしない、そんな曖昧な父の表情が延々と続くのを眺めていると、この人は一体何のためにこんなことをしているのかよくわからないような不思議な気持ちになってくる（こんなことをさせているのは他ならぬ私自身なのだが）。私は父が自撮りを撮り続けているというそのことにももちろん感謝しているが、それ以上に、「息子のため」と感じさせないそういう父のありようにこそ感謝をしている。

実際のところ、父は私以外の人からでもたのまれれば自撮りはやるだろうと思う。むしろ、私ではない人にたのまれたほうが、責任を感じてもっとちゃんとやるんじゃないだろうか。そして、それは写真を撮られることに関してもそうだと思う。ただ、私以外の人の場合だと、会うときに気を遣うのがしんどいので、そういう意味で、撮影のハードルは上がるだろうとは思う。

問題は気安さなのだろう。そして、その気安さは、私たちが親子であるということが大きく影響していると思う。親子関係は所与のもの、すでにあるものであるがゆえに、他の関係と比べて、なんで関わるのかということを考えなくてすむ、気を遣うことが少なくてすむ、というのはある。

でも結局のところ、私たちがたがいに気安く関われるのは、親子関係どうこう以上に、父と私の二人ともが、「親子たるものはこうあるべき」みたいなことを相手に押しつけたりはせずに、相手のためにできることがあればやれる範囲でやろうという親切心はもっているという、そういう個人的な資質によるところが大きいのだろう。

私はそもそも父に対して、「父のほうから先に親子関係の放棄ともとれるようなことをしたのだから、自分だっていつでも放棄してもいいのだ」と心のどこかで思っているのだと思う。そして、そう思っているからこそ気楽に父とつき合うことができている。ただ、私がこんなふうに思って父とつき合えているのは、父が私にしたことはあくまで「放棄ともとれる」ことでしかなかったからだろうと思う。

父が私のことを完全に拒絶するようなことはこれまで一度もなかった。父はたしかに何度もいなくはなったが、何度も戻ってきていて、結局今のところ完全にはいなくなってはいない。今となっては、父のほうから先に親子関係の放棄ともとれるようなことをしてくれたのは、息子である私にとってありがたいことだったのではないかという気にさえなっている。

11

これを書いている今、私は結婚していないし、この先も結婚しようとは今のところ思っていない（二〇一七年の日記では、全然ちがうことを書いている自分がいて驚いた）。ずっと一人でいたいと思っているわけではないが、誰かとこの先もずっと一緒にいるという約束をしたいとは思わないし、ましてやそこにわざわざお上を介在させたいとも思わない。

その人以外の人と親しくすることが許されない、望まれないという関係を、私は望んでいない。そういう関係は自分には居心地が悪い。私は相手に、私以外の人とも親しくしてもらいたい。私以外の人とも親しくすることができる人、親しくしたいと思う人にこそ、私は魅力を感じる。この「親しくする」ということのなかには性的なこと（性器的なことに限らない）も含まれている。だから、配偶者以外の人と性的なことをすることが不貞行為とされてしまい、慰謝料なるものを請求することが可能となる現行の婚姻制度を利用したいとは思わない。婚姻制度を利用したくない理由はそれだけではなくて他にもいろいろとあるけれど。

ただ、こんなことを言っていいのだと思えるようになったのは最近のことだし、今でもまだ自信満々というわけではない。誰か一人の人をずっと変わらずに愛すること、愛そうとすることのほうが偉いのかもしれないなんて思わなくていいとは思っていながらも、いざ自分のこととなると確信が揺らぐときがあり（他人の場合は揺らがない）、偉さどうこうは抜きにしたとしてもやっぱりそのほうがシンプルでいいよなと思ってしまったりすることもある。そんなふうにぐらつくのは体が疲れていたり神経が過敏になったりしているときで、心身のコンディションが良好なときにはそんなことは思わないのだが。今の自分にとっては、「そっちのほうがシンプルでいい」というのは幻想なのだということははっきりしている。ここ数年ではっきりとしてきた。

私は二〇一九年の三月から、斎藤玲児さんと百瀬文さんと三人で生活をしている。玲児くんと文ちゃんは二〇一一年からつき合っていて、私と文ちゃんとは二〇一八年の春ごろから友人以上の関係になっていた。その二、三か月後に、私は玲児くんに自分と文ちゃんとのことを伝えたのだが、そのうえで玲児くんは私に対してある特別な親愛の情をもってくれた。「ももちゃんにかかわる人が、自分のほかにもいて、そのことでももちゃんが幸せになるのであれば、それは自分にとってもうれしいしありがたい」と玲児くんは言ってくれたのだが、そういう気持ちが私にはとてもよくわかった。

今の暮らしや三人の関係を誰かに説明するときには、女男男の三人で住んでいて、女は男それぞれとパートナーであり、男二人も仲良しで、生活を共にするパートナーです、と以前は言っていた。「パートナー」という言葉をどのように考えるか次第で、この説明も今でもまちがっているわけではないが、私はできれば別の言い方をしたいと思っている。この四年のあいだに三人の関係は変化した。これはもう住み始めた当初からそうだったと言うこともできると思うが、私たち三人は、二組のカップルが住んでいるというのではなくて、三人で一緒に住んでいると言うべき状態になっている。また、私と文ちゃんの関係はいわゆるカップルと言われるような性愛関係をベースにしたものではなくなり、別の親密な関係になっている。試しに私と文ちゃんの関係に、「母と娘」「伯母と姪」みたいな名前を与えてみると、意外に何かとてもしっくりくるものがあった。そして、このことから、私は自分のジェンダーの可能性をいろいろと考えるのがおもしろくなった。

私は今の三人暮らしをずっと続けたいと思っているわけではなくて、できるならばもっとちがうかたちを模索していきたいと思っている。ただ、それがどういうかたちなのかをすでにわかっているわけではない。自分としてはなんとなくこういう関係が居心地がいいだろうというイメージはもっているが、そういう関係が実現できるかは実際にやってみないとわからない。誰と出会うか次第なところがある。誰と出会うかによって、自分というものも変化していく。玲児くんと文ちゃんとの関係もまさにそういうものだと思っている。

私の生き方について、父が私に何か言ってきたことは、本当にただの一度もない。「俺みたいになるなよ」みたいなことも一度も言ってきたことがない。自分の人生において、父の存在がなんらかの抑圧として働いたことは一度もなかった、というのは言い過ぎなのだと思うが、自分の実感としてはそんな感じがある。そう言いたい気持ちがある。

私は父に今の三人暮らしのことを話したことがある。そのときに、自分には結婚する気がないことや、一対一ではない関係のほうがしっくりくるということなどについてもごく簡単に話をした。父は私が話すことについては、ふんふんと頷きながら聞いているだけで、とくに何か言ってくるようなことはなく、その代わりにというわけではないと思うが、父は父で自分のことを話してくれた。

父は「そうなってみんとわからんこともあるからな」と言ったあと、離婚をして一人になってからはひどく女性にもてるようになり、同時に三人の女性から好意を抱かれていた時期もあったという話をしてくれた。父は丸めた右手を自分の顔の前にかかげ、宙をじっと見つめながら、小指、薬指、中指と、三本の指を順番に立てていった。その手の動きは妙になまめかしかった。

私は、自分が今あるような自分であるのは、私の父が父みたいな人だったからだと思っている。そして、そのことを誇らしく思っている。

金川晋吾（かながわ・しんご）
写真家。1981年京都府生まれ。神戸大学発達科学部人間発達科学科卒業。東京藝術大学大学院美術研究科博士後期課程修了。2016年『father』（青幻舎）、2021年『犬たちの状態』（太田靖久との共著、フィルムアート社）刊行。近年の主な展覧会、2018年「長い間」横浜市民ギャラリーあざみ野、2022年「六本木クロッシング2022展：往来オーライ！」森美術館など。三木淳賞、さがみはら写真新人奨励賞、受賞。

いなくなっていない父《ちち》

2023年4月25日　初版

著　者　金川晋吾
発行者　株式会社晶文社
東京都千代田区神田神保町1－11
〒101－0051
電話　03－3518－4940（代表）
4942（編集）
URL　http://www.shobunsha.co.jp
デザイン　佐藤亜沙美（サトウサンカイ）
印刷・製本　ベクトル印刷株式会社

ISBN978-4-7949-7354-2　Printed in Japan